もふつよ魔獣さん達といっぱい遊んで事件解決!!
~ぼくのお家は魔獣園!!~

アルフ
とっても明るく元気いっぱいな男の子。魔獣達の気持ちを理解できる。
仲良しウササ
ジャンプが得意。魔獣達の中で、一番の戦略家の可能性が高い。
お兄ちゃんモルー
しっかり者て、ちーちゃんの面倒をよくみている。
ちーちゃん
好奇心旺盛。お兄ちゃんモルーといつも一緒。
親分コケコ
真面目な性格。魔獣園の開園当時から暮らしている古株。
主な登場人物

グーちゃん
とっても大きなグリフォン。負けず嫌いな性格。
ブルーノ
アルフには優しく、騎士には厳しい。魔獣を大切に想っている。
シャーナ
アルフの母。心が広く、エドガーの魔獣に対する気持ちを受け入れて、共に歩んでいくと誓った。
エドガー
アルフの父。傷ついた魔獣を保護し介護するために、自らの屋敷と領地内に魔獣園を設立した。魔獣が大好きだが、魔獣たちの本当の気持ちに気づかず、彼らから呆れられている。

Contents

もふっよ魔獣さん達といっぱい遊んで事件解決!!

~ぼくのお家は魔獣園!!~

ありぽん

イラスト
やまかわ

プロローグ

「まさか両親に続いてこの子まで」

「仕方がないさ。これも運命だったんじゃ。きっと今頃は天国で再会して、３人で幸せに暮らしておるはずじゃ」

「そうね。そうよね。私達もいつか会えるかしら」

「ああ、きっと」


う～ん、ここはどこ？

『ここはお前さん達が生きている世界、地球で言うところの天国じゃ。分かるかの』

今、僕の前に1人のおじいさんが立っています。立っている？　浮かんでいる？　なんかふわふわ浮かんでいる気もするけど。

それからこのおじいさんは今、ここは天国って言った？　おじいちゃんとおばあちゃんが言っていた、パパやママがいる天国？　なら僕はやっぱり死んじゃったのかな？

『ああ、そうじゃ』

やっぱりそうなんだ。あっ！　僕おじいちゃん達にありがとうって言えたかな？　覚えてないよ。

『大丈夫、しっかりと最後の言葉として伝わっておる』

本当？　なんで分かるの？　おじいさん、僕の知らない人だし、病室には知らない人は入れないでしょう？

『わしは天国から見ておったのじゃ』

『天国？　おじいさんは誰なの？』

『わしは……』

僕が天国で会ったのは神様でした。うんと、おじいちゃん達が言っていた、天国でみんなを見守ってくれている神様。神様、本当にいたんだね。

僕は小学6年生。5年生の時に、治すのが難しい病気になっちゃって。それでさっきね、死んじゃったんだって。

僕、死ぬことは怖くなかったし、今も怖くないけど。でも、おじいちゃんやおばあちゃんにご挨拶《あいさつ》できたか心配だったんだ。その時のこと、よく覚えていなかったから。

僕のパパとママは、僕が4年生の頃に事故で死んじゃって。それからずっとおじいちゃん達と暮らしていました。

でも5年生の時におじいちゃん達は僕の病気を知って、とってもとっても心配してくれて。
だからもし僕が死んじゃう時は、ちゃんとありがとうって伝えたかったの。
そしてその時のこと、僕は覚えていなかったけど、神様は見てくれていて。ちゃんと僕は、
おじいちゃんとおばあちゃんに、今までありがとうって言えたみたい。よかったぁ。
おじいちゃん達のことを聞いたあと、僕は神様に、他にも色々なことを教らいました。
僕がこれからすることとか、パパやママ達のことを教えてもらったの。
えと、僕はこれから新しい世界へ行って、新しい生活をするみたい。転生って言うん
悪いことをした人はダメだけど、他の人達はみんな転生するの。だから僕も転生するんだよ
でも新しい世界へ行くのは、いつになるか分からなくて、すぐの人もいるし、ずっと待つ人
もいて、それは神様にも分からないみたい。
だからね、僕、神様に聞いてみました。まだ新しい世界に行かないで待っている人達の中に、
パパとママはいますか？　って。そうしたらパパ達はもう、新しい世界へ行ったあとでした。
パパとママは転生する前に、いつか僕がここへ来たら伝えてくださいって、神様に伝言を頼
んでいました。
僕を残して死んじゃってごめんね。いつまでも僕はパパとママにとって、大切な家族だよ。
いつかまた会いましょうって。それから最後に、新しい世界へ行くことになったら、幸せに暮

らしてねって。

うん、会えなかったのは寂しいけど、パパとママが新しい世界に行って、新しい生活をしてるって聞いて、それから伝言が聞けて、僕はとっても嬉《うれ》しかったです。

いっぱいお話を聞いたあと、僕は新しい世界へ行くまで、天国で暮らすことになりました。天国には動物がいっぱいで、毎日みんなでいっぱい遊んで、とっても楽しかったです。

そうして天国で暮らしてから1年くらいして、神様が僕を呼びに来ました。新しい世界へ行くことが決まったんだ。

『新しい世界へ行くと、今までの記憶は消えて、本当に新しい生活が始まる。両親や祖父母のことも忘れてしまうのじゃ』

覚えておけないの？　僕はそれを聞いて寂しくなりました。僕の大切なパパとママ、おじ
ちゃんとおばあちゃんなのに。

『すまんのう。これは決められたことなんじゃ。しかしじゃ、自分では気づかな
心の中にはしっかりと、皆の記憶が刻《きざ》まれておる』

「刻まれている？」

『そうじゃ。思い出すことがなくても、体に刻まれておるんじゃ。それはどれだけ時間が経とうと、消えることは絶対にない。お主《ぬし》の両親の気持ちと共に、心の中でお主を見守ってくれて

おる』

「心の中？　でも思い出せない？」

そっか……。う〜ん、やっぱり覚えていないのは寂しいなぁ。ずっと覚えていられたらいいのに。でも心の中で、パパ達はずっと僕と一緒にいてくれる。それにパパ達は、新しい世界で幸せに暮らしてねって言っていたもんね!!

『ではじゃ。そろそろ新しい世界へ行ってもよいかのう』

「うん!!　パパ達とのお約束。僕新しい世界へ行くよ!!」

『それでは新しい世界へ送ろう』

神様はニコッと笑ったあと、手を上げました。そうしたら僕の体を白い光が包んだんだ。それからすぐに僕はとっても眠たくなって……。

(転生から3年後)

「そだ、ぼくは、あゆむだったよ」

朝起きると僕は、全部を思い出しました。

1章　僕の新しい家族と魔獣園

僕、なんで色々思い出したのかな？　神様、間違えちゃったのかな？　神様なのに間違うんだね。でも僕、パパとママと、それからおじいちゃんとおばあちゃんのことを思い出せた。神様は心の中にパパ達がいてくれるって言ったけど。やっぱりパパ達のお顔を覚えているの嬉しい!!

「アルフ、朝だぞ、起きてるか？」

「うん!!」

僕が起きてすぐでした。パパが僕を迎えに来てくれて、僕は急いで起きて、ちょっと転がるようにベッドから降ります。パパがドアを開けてくれて、僕はパパに抱きつきます。

「アルフ、おはよう！」

「パパ、おはよございます!!」

そのあと、パパパっとパパが僕に洋服を着せてくれて、パパに抱っこされてちょっと向こうの部屋に行くと、ママがお皿を並べているところでした。とってもいい匂《にお》い。今日の朝のご飯は、パンとジャガイモみたいなものが入っているミルクスープと、目玉焼きと魔獣のベーコン!!

「ママ！　おはよございます!!」

「アルフ、おはよう。さぁ、みんなでご飯を食べましょう」

「「「いただきます!!」」」

僕の新しい名前はアルフ。今3歳です。そして僕の新しい家族のパパとママ。パパの名前はエドガー、ママの名前はシャーナ。パパもママもとっても優しくて、いつも僕と一緒にいてくれて、いっぱい遊んでくれる、大大大好きなパパとママです。

僕、前のパパとママもとっても大好きで。だからとっても大好きなパパとママが2人ずついるんだよ。いいでしょう。

「そういえば、今日からアルフは、俺のお手伝いをするって言ってたな」

「するって言っても、この子がするお手伝いよ。いつもの遊びの延長でしょう。たぶんご飯をいつもより多くあげるくらいだわ」

「ははは、確かにそうだな。でも今からそういう体験をしておくことは大切だからな。あの子達について、より詳《くわ》しく知る良い機会だ。できるなら色々やらせてやるさ」

「毎日遊びに行ってるんだもの。今でも他の子より、知識は多いわよ」

「それも確かにな」

僕は今日から、パパのお仕事のお手伝いをするんだ!!　えと、ご飯をあげるお手伝いと、お掃除《そうじ》をするお手伝い。

「アルフ、ご飯を食べ終わったら、もう一度洋服を着替えましょう。今日はいつもよりも汚しても大丈夫な洋服がいいわ」

「そうした方がいい。いつも通り着せてしまったが、今日は一応色々やる予定だからな」

「今日行くのは、コケコとウササのところ？」

「ああ。まずはその2つだな。一番安全だろう。いや、コケコは問題か？」

「あなたはいつも襲われるものね」

「なんで襲われるんだろうな？　俺は別に何もしていないんだが。しょうがなくていつも別に隔離《かくり》して、作業をしないといけないもんな」

「いつ襲ってくるか。襲ってこなくてもあなたを睨《にら》んでいるし、やっぱり危ないかしら」

「まぁ、様子を見てだな。ダメそうならモルーの方へ行くからいいさ」

「そうね、そうしてちょうだい」

パパとママがお話ししながらご飯を食べている間、僕はお話ししないでどんどんご飯を食べます。だって今日は早くご飯を食べなくちゃ。

みんな一緒に食べ始めても、僕はいつも最後。とっても遅い最後。僕は今3歳。まだ早くご飯を食べられないんだ。何をしても全部遅いの。

それに色々なことができないんだ。ドアの取っ手に手が届かなくて開けられなかったり、洋服も自分で着るんだけど、遅いし時々ボタンを間違えたり、前後ろを間違えて着ていたり。

でも今までは3歳の僕だったけど、今日からは前のことを思い出した3歳の僕だから、きっともう少しできるようになるはず？

そう思ったんだけどダメでした。ご飯はいつも通り、とっても遅い最後。ママと洋服を着替えた時も、最初は1人で頑張ったけど、今日もボタンを1つ間違えちゃいました。それにズボンに洋服をちゃんと入れたはずなのに、びろ～んと半分出ちゃっていたし。う～ん、なんで？

「そうだわ。アルフ、今日はこの汚れてもいいお洋服だから、パパのお手伝いが終わったら、泥《どろ》で遊んでもいいわよ」

「やたっ!!」

「遊ぶ時はタートの赤ちゃんも一緒に遊んであげて。ちょうど遊ばせる頃だから」

「うん!!　いしょあそぶ!!」

帽子《ぼうし》を被《かぶ》ったら終わり。急いでパパのところへ行きます。玄関を出たら、パパはもう道具を準備して荷馬車に乗っていました。この荷馬車で移動するんだよ。

僕のお家《うち》はとっても広い場所に建っているから、移動するのが大変。だから乗り物に乗って移動しないといけないの。お家から門まで歩くと、大人で30分くらい？　どの方向に行ってもそれくらいかかるんだ。お家の後ろに行くと、もっと時間がかかるんだよ。

ママに荷馬車に乗せてもらったら出発です。

「お昼はそっちに行くわ」

「ああ、頼むな。よし、じゃあ出発だ」

「ママ！　ぼくがんばる!!」

「ふふ、頑張って!!」

パパのお仕事のお手伝いに出発!!　出発？　お家の中だから出発じゃないかも？　ま、いっか！　お手伝い頑張ろう!!

「おはよ!!」

『メエ〜！』

「おはよ!!」

『モオォォオ！』

「おはよ!!」

『ヒヒィ〜ンッ！』

「おはよ!!」

『ガウガァ！』

「おはよ‼」

『ピュウゥウゥ！』

「アルフ、全員に挨拶するつもりか？　そんなことしてたら、お手伝いする前に疲れちゃうぞ。そうだな、手でも振っておけ。みんなそれだけで喜ぶだろうから」

そうかな？　じゃあ声を出しての挨拶はおしまい。お手伝い前に疲れちゃったらダメだもんね。僕は言うのをやめて、ブンブンみんなに手を振ります。そうしたらちゃんと、みんな僕の方を見てくれて、それで挨拶してくれました。

「あ～、アルフ、そんなにブンブン手を振っても疲れるぞ。近くは昨日綺麗《きれい》にしたから、遠い方のコケコのところへ行くんだ。それに今日はライアンが来てるから、近い場所はライアンが見てくれているんだ」

ライアンおじさんは、僕のお家にお手伝いをしに来てくれる、パパのお友達です。僕はパパのお話を聞いて、ブンブンじゃなくて、静かに手を振ることに。それでもみんなちゃんと挨拶してくれました。

挨拶……。さっきからみんな、鳴いて僕に挨拶してくれているでしょう。あのね、挨拶をしてくれているのは魔獣なんだよ‼

地球にはいっぱい動物がいるけど、この世界には魔獣っていう生き物がいっぱい住んでいるの。姿は地球の動物に似ていたり、ぜんぜん似ていなかったり、色々だけど動物と同じ感じ。

これから行く場所にいるコケコもそうだし、ウササもモルーも、荷馬車を引っ張ってくれているローバーも。今僕に挨拶してくれているみんなが魔獣なんだ。

あっ、でも、地球の動物と違うこともいっぱい。この世界には魔法があります。パパもママも魔法が使えて、火や水、土や風や光、いろんな魔法があるの。僕はまだ小さくて使えないけど、8歳くらいになると使えるようになるんだって。その魔法を、魔獣さん達も使えるんだ。

他に、地球の大きな動物は、キリンとかゾウとかでしょう？ でもこの世界には、2階建ての家の大きさくらいの魔獣がいっぱいいいるんだ。それよりも大きい魔獣もいるって。

僕はまだ見たことないけど。僕達が住んでいる街にはいなくて、他の街にはいるみたい。あとは森を移動しているところや、海を移動しているところを見られるかもしれないって。

それから怖い魔獣もたくさんいます。地球にも怖い動物はいるけど、この世界の怖い魔獣は、たぶん地球よりもいっぱいいかも。

だけどその代わり、僕達人と仲良くしてくれる魔獣さんもいっぱいいなんだ。だからちゃんとお勉強しないといけないって、いつもパパとママが言っています。

あのね、本当は怖い魔獣なのに、仲良しの魔獣のフリをして襲ってくる、悪い魔獣がいるんだって。そういうのをちゃんと勉強しないと、街の外の森に入っちゃダメなんだ。だって襲われたら大変だもんね。

あっ、お家にいる魔獣は、みんな優しい魔獣さんばっかりだから大丈夫。どんな魔獣さんか、それは、森や林、岩場や川、海、色々な場所で怪我《けが》をしちゃった魔獣達。その子達を保護して、僕のお家にみんなが連れてくるんだ。そして傷ついている魔獣さん達を、パパとママが治療して、怪我が治るまで、僕のお家にいてもらうの。

他には迷子《まいご》になっちゃった、子供の魔獣さんを保護してる。自分だけで自然の中で生きていけるようになるまで、お家にいてもらうんだよ。

でも怪我が治っても、大きくなっても、お家にいたいっていう魔獣は、そのままお家にいることも。ただ、あんまり残る魔獣さんが多いと、怪我をした魔獣さんや、迷子の魔獣さんが、お家に来られなくなっちゃうでしょう？

そういう時は、魔獣さん達が自分達でお話しして、誰が自然に帰るのか決めているんだって。魔獣さん達がそう言っていたよ。たぶん？

でもこの頃、それでも魔獣が増えてきちゃったから、もう少し土地を広げないとって、パパ達がお話をしていました。

嬉しいこともあります。僕のお家に、魔獣さんを見に来る人達がいて、もし魔獣さんとお友達になれたら、一緒にその人のお家に帰るの。

ちゃんとパパとママがその人のことを調べて、それから魔獣さんが、本当にその人と友達になっていいのかも確認。魔獣さんが少しでも嫌がっていたら、パパ達は絶対に魔獣さんをその人に渡しません。

時々それで、なんでだって騒ぐ人がいるけど、その人はすぐにお家から出されちゃうし、もう二度とお家には入れないから大丈夫。

昨日も新しいお友達に会えた魔獣さんがいて。ニコニコとってても嬉しそうに、迎えに来てくれた人と一緒に、その人のお家に向かって出発していきました。

そんな魔獣さん達が、僕のお家にはいっぱい。魔獣さんがいない日はありません。僕ね、僕のお家にいる魔獣さん達、みんな大好き。

僕のお家は動物園、ううん。僕のお家は魔獣園なんだ!!

「いいか。まずパパが中に入るから、アルフは外で待っているんだぞ。今日はちょっと危ない方のコケコの小屋だからな。こっちのコケコ達はいつも攻撃してくるんだよな。散々パパを攻撃してから、ようやく掃除をさせてくれるが。そのあともいつもパパを睨んでくるし」

ローバーに荷馬車を引いてもらって15分くらい行くと、遠い方のコケコの小屋に到着です。コケコはニワトリに似ている魔獣さんで、大きさは地球の学校にいるニワトリの、大きい子の2倍くらい。鳴き声はコケッコーで、地球のニワトリよりも手足の爪《つめ》がちょっと鋭いです。

あと今日の朝ご飯に食べた、美味《おい》しい目玉焼き。あれはコケコの卵で作ったんだよ。コケコが時々小屋の中に置いてある籠《かご》に、卵を産んでおいてくれるんだ。その卵が、僕達が食べてもいい卵で、それ以外のコケコが温《あたた》めている卵はもらっちゃダメなの。

卵をもらう時は、ちゃんとありがとうをしてからもらっているよ。僕は目玉焼きも好きだけど、一番はママが作ってくれる、コケコの卵のプリン‼

お店で売っているプリンよりも、僕のお家のコケコの卵でママが作ってくれるプリンの方が美味しいんだ。

それからコケコは、挨拶をしっかりする魔獣さんです。コケコの中で順番が決まっていて、朝起きると順番に、コケコ達の親分にご挨拶をすることから始まって、そのあとは順番に並んでご飯。ご飯は色々な種とお野菜です。

ご飯のあとは自分の散らかしたものを翼《つばさ》で片付けて、自由にしているけど、何かがあって親分コケコがみんなを呼べば、何をしていてもすぐに集合。それでお話し合いをして、全員で問題を解決するんだよ。

夜寝る時も順番に、親分コケコにご挨拶。それからゆっくり眠ります。たぶん。あのね、図《ず》鑑《かん》に書いてあるコケコの説明と、僕のお家のコケコはぜんぜん違うんだ。

僕はまだ文字があんまり読めないから、ママに図鑑を読んでもらうんだけど。図鑑には、コケコはぜんぜん怖くない、人をほとんど攻撃してこない、大人しい魔獣って書いてありました。

それからいつでも自由に動いていて、餌《えさ》を散らかすから、それを片付けるのが大変とか。朝も昼も夜も関係なく、突然鳴き始めてなかなか止まらないから、ちょっと煩《うるさ》いとか。

でも僕のお家のコケコはぜんぜんそうじゃありません。ご飯を食べたあとは、ささっとお掃除してくれるし。

鳴くのは僕が起きる少し前と、お昼頃に少し、あとは夕方に少しと、僕が寝る時間にちょっとだけ。だから僕は、コケコ達が煩いなんて思わないの。

それにね、さっきパパはいつも攻撃されるって言っていたでしょう？　僕もパパが攻撃されているのを何回も見ているんだ。暇な時は攻撃の練習をしているし。あっ、でも攻撃されるのはパパがダメダメだからしょうがないのかも。

パパはコケコの小屋に入ると、いつもコケコ達に攻撃されます。まず下のコケコ達から。軽く引っ掻《か》かれたり、翼で叩《たた》かれたり、ちょっと弱い攻撃。でもだんだん強いコケコに強い攻撃をされて。

最後は親分コケコが出てきて攻撃されます。バシッ!!　と音が聞こえて、パパのほっぺたが赤くなっちゃって、パパが痛いって困る攻撃。それを何回かやられるの。それに時々強めの蹴《け》りが。

その親分コケコの攻撃が終わると、みんな静かになってくれて、パパは小屋のお掃除と、ご飯の用意をさせてもらえるんだけど。

パパのお掃除とご飯には、みんながちゃんと、ぺこってご挨拶してくれます。ありがとうって。睨まれたままだけど……。

なんでパパは攻撃されるのか。それは親分コケコにご挨拶しないで、ズカズカ小屋の中に入っていって、掃除を始めようとするから。その勢いでコケコ達がちゃんとまとめておいてくれたゴミも飛ばしちゃって。

ほら、コケコはご挨拶を大切にしているでしょう。だから親分コケコにちゃんと、おはようございます、をしないのはダメダメだし、ゴミを飛ばしちゃうから、みんなが怒って攻撃してくるんだよ。

「さて、今日も俺を襲ってくるかな？　だがしかし、今日は木の盾《たて》を持ってきているから、お前達の攻撃も問題はないぞ!!」

パパが荷馬車から木の板を取り出します。だからパパ、ご挨拶すれば大丈夫だよ。

パパが入り口の鍵《かぎ》を外して扉を開けました。それからそっとそっと中に入って、少し中に入ったら止まったよ。コケコ達も止まったたまま。

そしてパパが掃除道具を動かそうとした時でした。コケコの目がキランッ!!　と光って、一

斉にパパを攻撃してきたよ。

「くっ！　やっぱり攻撃してきたか！　今日はやられん!!」

攻撃されているのに、ちょっと楽しそうなパパ。コケコ達の攻撃を板で防ぎます。でもどんどん押されて、結局小屋の中から出されちゃいました。

「今日はいつもよりも攻撃が強くないか？　仕方がない、もう一度やってダメそうなら、あとでまた来よう。代わりにアルフはモルーの方へ行こうな」

え～、大丈夫だよ。ん？　ねぇねぇ、僕がご挨拶したら、攻撃しないで掃除させてくれるよね？

「ねぇ、パパ」

「なんだ？　そこでもう少し待っていてくれ」

「あのね、コケコはパパがごあいさつしたら、こげきしない」

「は？　なんだって？」

「パパ、ごあいさつしないから、みんなおこってこげき」

「ご挨拶？」

パパは一度板を下ろして僕のところへ。それでどういうことかって聞いてきました。

「パパはご挨拶してるぞ。みんなおはよう!!　ってな。おはようはご挨拶だろう？」

「そのごあいさつじゃダメなの。ちゃんとごあいさつ。おはよございますって」
「ちゃんと？　アルフが何を言っているのか分からないが、おはよう！　じゃダメなのか？
分かった、やってみよう」
そう言ってまた板を構えて、さっきみたいにそっと小屋の中へ入っていくパパ。コケコ達も
また止まったまま、パパもすぐに止まって。
「おはようございます!!」
コケコ全員にご挨拶をしたパパ。もう、違うよ、パパ。それじゃあダメなの。あ～あ、また
パパ、攻撃されちゃった。あのね、最初は親分コケコにご挨拶なんだよ。
「いてて。アルフ、やっぱりダメみたいだ。代わりにモルーの方へ……」
「パパ、ぼくごあいさついい？　はいってもいい？」
「それはちょっとダメだな。アルフが今の攻撃をされたら大変だからな。怪我したくないだろ
う？」
頬をさすりながら戻ってきたパパに、聞いてみたけどダメだって。でも、本当にご挨拶すれ
ば大丈夫なはずなんだよ。それに僕、いつも美味しい卵をくれるみんなにありがとうもしたい
し、お掃除もしたい。
「パパといっしょ、ダメ？　すぐににげるの。パパ、にげるのはやい」

「逃げるの早いって、なんかそれはそれでちょっとな言い方だな。まるで俺がいつも逃げていて、逃げ足が早い、弱い男みたいじゃないか」

「ねぇ、パパ。ダメぇ？」

僕はパパを見上げます。

「はぁ、分かった分かった。でも危ないと思ったら、挨拶前でも逃げるぞ。あとでママにこれがバレたら、パパはとっても怒られるんだからな」

やった‼　パパが挨拶していいって。パパが板を持ち上げて、僕はパパの後ろに。まず入り口のところに立って、コケコ達の様子を見ます。

「今のところ、大丈夫か。ん？　なんだ？」

パパの言葉に僕はパパの後ろから顔を出してみます。そうしたら、さっきまではパパを攻撃しようとして、みんなが集まっていたんだけど。今は右と左、両方に分かれていて、真ん中が歩けるようになっていました。

「なんでみんな端に寄ったんだ？　まぁ、いいか。これならアルフも近づけそうだ。でも警戒《けいかい》はしておかないと」

そっとそっと一歩ずつ、僕は初めてしっかりとコケコの小屋の中に入りました。今までは小屋の外から種を入れたり、パパ達が持ってきてくれた籠から卵を出したりしていたから、中に入ったことなかったの。

みんなが開けてくれた道を、少しずつ進んだ僕とパパ。そして真ん中まで来た時、パパが止まって、みんなに挨拶をしろって言いました。

え？　ここで？　親分コケコは一番奥のところに座っているのに？　ここからのご挨拶じゃ、親分コケコは怒っちゃうよ。

う～ん、みんな避《よ》けてくれているし。僕だけ親分コケコのところに行ってもいいかな？　僕はパパの後ろから出て、親分コケコの方に歩き始めます。

「あ、おい!!　アルフ!?　俺の後ろから出るんじゃない!!　危ないから戻ってきなさい!!　な、なんだお前達！　そこを退《ど》いてくれ!!」

パパが慌《あわ》てて僕の方へ来ようとしました。そうしたら今まで端に寄ってくれていたコケコ達が、パパの周りにズササッ!!　と集まってきて、パパを囲んじゃったんだ。それにみんな攻撃の格好《かっこう》をしていて、パパはすぐに動けなくなっちゃいました。

パパ、僕ご挨拶してくるから待っていてね。動いたら攻撃されちゃうよ。すぐに僕は親分コケコのところへ。ちゃんとお掃除してくれていたゴミを散らかさないように、そっとそっと歩いたよ。

「えと、はじめまして!!」

うん、今まで何回も小屋の外に来ていて、みんなのことを知っているけど。この小屋の中で会うのは初めてだから、初めましてって言ったの。

「アルフです!!　おはようございます!!」

僕はブンッ!!　と頭を下げて、しっかり親分コケコにご挨拶しました。それでお辞儀《じぎ》をしたまま、親分コケコが挨拶をしてくれるのを待ちます。そして……。

『コケコーッ!!』

大きな声で親分コケコが鳴きました。この鳴き方は、いつも親分コケコがみんなにおはようって言っている時の鳴き方だ!!　僕のおはようございます、大丈夫だったみたい！　僕は次のお願いをしてみます。

「おそうじ、い？　あと、ごはん、い？」

『コケコーッ!!』

うん、これもいいって。よかったぁ。あっ、でもその前に。他のコケコにもご挨拶しなくちゃ。親分コケコの次のコケコは……。あっ、あのコケコだ！　僕は急いで次のコケコのところへ、そしてまたご挨拶をして。

1羽ずつのご挨拶が終わったら、最後に残った全員にご挨拶。

「おはようございます!!」

『『コケコッ、コケコーッ!!』』

「おそじします!!」

僕がそう言ったら、みんなが壁の方に退いてくれました。

「パパ、ごあいさつおわり!!　おそじできる!!」

「え、え？　なんだこれ？　何がどうなってるんだ？」

「ね、パパ。も、おそじできる！」

「いやいや、待ってくれ。なんでこんなことになったんだ？　アルフ、なんで最初にあのコケコに挨拶したんだ？」

僕は親分コケコのこと、次に強いコケコ達のこと、それからご挨拶のことをパパに教えてあげました。そうしたらパパ、なんにも知らなかったんだ。パパはずっと魔獣さん達のお世話をしているのに、なんで知らないんだろうね？

「あのね、あのコケコは、1ばんつよい。1ばんつよくて、みんなをまもってくれる。みんなもあのコケコが1ばんっておもってる」

「このコケコの中のボスってことか？」

「だからみんな、あさおきたとき、1ばんつよいコケコにごあいさつ。それからいろいろやる。えと、ここはコケコのおうちだから、1ばんつよいコケコに、さいしょにごあいさつしないとだめなの。それからおそうじ」

「あぁ、そういうことか。群れのボスに挨拶しないで、勝手なことするなって感じなのか。でもコケコはそんな魔獣だったか？　みんな好き勝手に生きてる魔獣なはずだが……」

パパがご挨拶しないで、掃除道具を手に持って、ちょっとだけ動きました。そうしたら、周りのコケコが寄ってこようとして。

「本当に？　本当にアルフの言う通りなのか？　だが、確かにアルフには攻撃してないしな。試しにやってみるか？」

パパが掃除道具を置いて、親分コケコと他の強いコケコが集まっているところへ歩いていきます。それでご挨拶しようとしたんだけど。

「パパ、ちがう！　1ばんつよいコケコはそち！」

「そうなのか？　アルフはさっき、こっちのコケコに最初挨拶しなかったか？」

「ちがう。1ばんつよいコケコのあたまは、みんなのなかで1ばんあかがカッコいい」

「頭？　赤い？　カッコいい？　トサカのことか。じゃあこっちか？」

「ちがう!!　そち!!」

もう、パパは何回も違うコケコに挨拶しようとして、親分コケコが変な顔しちゃったよ。目は細くなって、目の間にしわしわができちゃって。パパはよくママにしっかりしてって言われているけど。その時のママみたいに、しっかりしろよって言っているみたいな顔。

親分コケコは、みんなとぜんぜん違うのに。コケコの頭のところ、パパはトサカって言っていたよね。そのトサカが一番濃い赤色をしていて、一番カッコいいのが、親分コケコなんだよ。

「はぁー、このコケコで合ってるか？」

「うん!!　パパ、しっかりごあいさつ!!」

ふぅ、やっとパパが親分コケコのところへ。あ～あ、他のコケコ達も変な顔になっちゃった。

「本当にこれで大丈夫なのか？　アルフのことを信じていないわけじゃないが……。おはようございます！　掃除をしてもいいだろうか？」

小屋の中が静まり返りました。それから少しして親分コケコが、ヘッとため息を吐《つ》いて、大きな声で鳴いてくれたよ。まぁいいだろうって感じの鳴き声。それと掃除してもいいって。

「パパ、つぎ。ごあいさつ」

「あ、ああ」

パパは変な顔をしながら、僕が教えてあげた順番に、どんどん挨拶をしていって、やっと全員にご挨拶が終わりました。

最初はパパだけで、順番にご挨拶しようとしたんだけど。親分コケコみたいにぜんぜん分からなくて。時間がかかっちゃうから僕が教えてあげたの。

そして挨拶が終わったら、さっきの僕の時みたいに、みんな壁の方へ寄ってくれました。

「おい、本当かよ。アルフ、お前、どうやって分かったんだ？」

ほらパパ、お話ししてないで早くお掃除しなくちゃ。僕ね、特別のお掃除道具を持ってきているんだ。早く使いたかったの。

僕は急いで荷馬車に戻って、置いてある道具を取ろうとします。でも手が届かなくて。ブツブツ言っているパパに取ってもらいます。

あのね、僕のお掃除道具は、僕だけが使えるものなんだよ。僕にぴったりの箒《ほうき》と塵《ちり》取り。それから僕にぴったりの、ゴミを挟《はさ》んで取る道具に木のバケツと雑巾《ぞうきん》。僕のサイズのお掃除道具を、ママが作ってくれたんだ!!

僕はお掃除道具を持って小屋に戻って、最初に、コケコ達が集めてくれたゴミから片付けることにしました。でも。

パパがいきなり、みんなが集めてくれていたゴミを箒でブンッとして、逆にゴミを広げちゃったんだ。あ～あ～、コケコ達が怒って寄ってきちゃった。

「パパだめ！　これはコケコがあつめてくれたの!!　だからこのままごみばこ!!」

「ん？　そういえば。ここにやたら野菜のゴミが集まってるな。……もしかしてみんなが集めてくれたのか？」

だからそう言ったでしょう！　もう、本当にパパはダメダメなんだから。僕がパパを止めたら、コケコ達が壁の方へ戻っていきました。それでそのままゴミを片付けたんだけど。

パパはダメダメでした。小屋の外から見ていた時と同じ。どこかを掃除しようとすると、すぐにみんなが怒ってパパのところに集まってくるんだ。だからそのたびに、僕がパパに教えてあげて。そうするとみんなが戻っていって。

僕ね、途中でちょっとだけ疲れちゃいました。このあとにウササの小屋のお掃除があるのに、ちゃんとできるかな？

「……」

『『……』』

「なんだ、みんなで俺を見てきて。アルフまでどうしたんだ？」

今僕はコケコ達と一緒に、パパを見ています。親分コケコはさっきまで凄《すご》い勢いでパパを睨んでいて、今は呆《あき》れている顔？　でパパを見ているよ。

「なんだ？　パパ、何か変か？　いつもよりも洋服が汚れていないくらいしか、いつもと違うところはないんだが？」

違うよ、パパ。みんなパパのお掃除に疲れちゃって、パパを見ているんだよ。僕いつも外で見ていたはずなのに。こんなにぐちゃぐちゃにお掃除をしていた？　コケコ達、みんな今までごめんね。

パパに色々教えてあげながらお掃除をしていたんだけど、パパは必ず最初に、コケコ達が集めておいてくれたゴミを全部散らかしちゃって、そのせいでまた集め直しに。僕が集めていたゴミまで散らかしたんだよ。

みんなの集めてくれたゴミを、ささっと集めてゴミ袋に入れれば、もっと早くお掃除が終わったのに。

それでやっと今、お掃除が終わったんだけど。凄い勢いでゴミを散らかしたパパのことを、みんなで見ていたんだ。パパ、本当は掃除じゃなくて、ゴミを広げに来ているだけじゃない？

『コケコ……、コケコ』

みんなでパパを見ていたら、親分コケコが鳴きました。見たら大きなため息を吐いて、餌箱を足でつついていて。

そうだ!!　パパの掃除にビックリしすぎて、それで疲れちゃって、ボケっとしていたよ！まだご飯の準備してない！

「パパ、ごはん!!」

パパの手を引っ張って荷馬車まで移動。掃除道具を荷馬車に乗せたら、パパが餌の入った木のバケツを2つ持って小屋に戻ります。1つには色々な種が、もう1つにはお野菜が入っているよ。時々お肉やお魚もあげるんだけど、今日はこの2種類。

「さぁ、いいか。ここと向こうとそっち、3カ所に餌を用意するからな。パパがバケツを持っているから、アルフは餌箱に餌を入れてくれ」

「うん!!」

やっぱり最初は親分コケコの餌から。種の方は餌を掬《すく》うコップみたいなものが入っていて。僕はそれを使ってなるべくこぼさないように、餌箱へ種を入れました。お野菜の方は手で掴《つか》んで、同じ野菜ばっかり入れないように、ちょうどよく入れたよ。

「これでい?」

『コケコ……』

親分コケコが餌を確認します。そして。

『コケコーッ!!』

合格をもらいました。よかったぁ。同じように他の餌箱にも餌を入れたら終わりです。餌箱を見て、コケコ達がうんうん頷《うなず》いていたよ。

「さぁ、終わりだ。卵は……、今日はなさそうだな。それじゃあ、次はウササのところへ行こう」

ふぅ、ちゃんとお掃除と餌やりができてよかった。最後もちゃんとご挨拶。僕はしっかりコケコ達にお辞儀をします。パパはそのまま出ていこうとして、お尻《しり》を蹴られていたけど。

「バイバイ!!」

荷馬車に乗って走り始めたら、僕はコケコ達にバイバイをしました。そうしたらコケコ達はみんな僕の方を向いていて、お見送りしてくれたよ。また今度お掃除に来るね!!

次に行くのはウサササのところです。コケコの小屋から5分くらいのところにあるんだ。僕ね、ウサササの小屋には何回も入っているの。

ウサササはうさぎさんに似ている魔獣で、色は真っ白な子が多いけど、でも他の色の子もいっぱいいます。毛も長い子や短い子、いろんな子がいて、しっぽはまん丸。大きさは、大人のウサササは学校にいるうさぎさんと同じくらい。子ウサササは僕の手くらい、とっても小さいんだ。手足がとっても短くて、それなのにジャンプするととっても高く飛ぶんだよ。大人ウサササだとパパの背くらい、一番小さい子ウサササは、僕の頭くらいまで飛びます。

優しいウサササばっかりで、僕が抱っこしても暴《あば》れないでいてくれるの。座っているとお膝《ひざ》に乗ってきたり、小さい子だと僕の肩にも乗ったりします。

それに僕が怪我をしていると、みんな心配して、自分達の葉っぱを僕にくれるの。ウサササの餌の中に、怪我を治す時に使う葉っぱが入っていて、それを僕にくれるんだ。

ウササの小屋はコケコと同じくらいの大きさ。コケコの小屋のお掃除で、ちょっと疲れちゃったけど、ウササの小屋のお掃除も頑張るよ!!

ウササは、トイレをする場所が決まっていて、そこを綺麗にしたあとは、小屋全体を箒で掃《は》いて、それで藁《わら》を敷《し》いたら終わりです。餌箱の場所も決まっています。

「今日はウササの好きなニニンを持ってきたから、掃除が終わったら、ゆっくりあげるといい」

「……うん」

「ん？　どうしたんだ？」

「ウササはニニンすき。ぼくはきらい。ニニンおいしくないのに、なんですきなのかな？」

「はは、それはアルフが嫌いなだけだろう？　ちゃんと食べないとママに怒られるぞ」

ニニンは人参《にんじん》に似ているお野菜。僕、ニニン嫌いなんだ。どのご飯に入っていても美味しくない。でも食べないとママに怒られちゃうから、ゴクンッていつも飲み込むの。なんであんなに美味しくないのに、みんな美味しいって言うのかな？

「ふ、そんな難しい顔してないで、さぁ、到着だ」

コケコの小屋から5分だからすぐの到着。よし、ニニンはあんまりだけどお掃除頑張ろう!!

「うしゃしゃ、おはよ!!　……うしゃしゃ」

「はは、もう少しだな。まだ時々しゃになっちゃうな。でも、もうほとんどちゃんと話せているし。そのうち言えるようになるさ」

僕ね、時々『さ』が『しゃ』になっちゃうの。他にも時々変な言い方になっちゃう。赤ちゃんみたい。パパもママももう少しって言っているけど、本当にちゃんと話せるようになるのかな？

「おはよ!!」

『『きゅー!!』』

ウササみんなが小屋の中から僕の方を見て、返事をしてくれました。今のはたぶん、おはようの鳴き声。いつも朝の挨拶はこの鳴き声だから。

「あいかわらず、なんでアルフがおはようって言うと、みんなこっちを見て鳴いてくるんだ？　他の魔獣達もそうだし。まさかみんな本当に、アルフに挨拶していたりしてな、ハハハッ！」

していたり、じゃなくてしてくれているんだよ。ママがご挨拶した時も、今みたいに全員じゃないけど、挨拶してくれているし。パパは……。パパはあんまり？

パパがあんまり大きな声でご挨拶したり、ガハハハって大きな声で笑ったりすると、みんな変な顔してパパから離れていくの。少しすると寄ってくるけど。

「さぁ、中へ入ろう」

パパが扉を開けてくれて、すぐに小屋の中へ入った僕。それと同じくらいにパパの声が聞こえました。

「待て!! 入るのはパパと一緒にだ!!」

「わぁ!? パパ! たしゅけて!!」

パパの声とほとんど同時に、僕はあるものの中に埋もれました。僕がウササの小屋に入った途端《とたん》、ウササ全員が物凄い勢いで寄ってきて、僕に体当たりしてきたんだ。

体当たりっていっても痛くないし、1匹なら体当たりされても大丈夫なんだけど。今は小屋の中のウササ、25匹が一気に僕に体当たりしてきて。僕はその場で尻餅《しりもち》をついちゃいました。そんな僕にウササが次々に乗ってきて、僕はウササに埋もれちゃったんだ。

「パパ、たしゅけて!!」

「いつも最初に入る時は、アルフに群がってくるから、パパと一緒って言ってるだろう」

そうなんだ。いつもウササは、僕が最初1人で入ると、どうしてか分からないけど、今みたいに全員が集まってきて、僕はウササに埋もれちゃうの。

僕ね、今日からみんなの小屋のお掃除をして餌をあげられるって、それが嬉しくて、そのことを忘れていました。

パパがウササを掴んで、ポイポイと僕から取ってくれます。ポイっと投げられたウササは、クルクル空中を回転しながら、最後は綺麗に着地。着地と一緒にポーズをしている子もいます。

みんなジャンプは得意だし、今のパパくらいの投げ方だったら、平気で着地しちゃうもんね。図鑑に載《の》っていたウササは世界記録？　を持っていて。お家の2階のお屋根からジャンプしても、綺麗に着地したみたい。

「その子は…、そのままでいいか。いつも通りだしな」

やっと最後の1匹。でもこの子は僕の肩に乗ったままに。僕はこのウササと一番の仲良しなんだ。他の子もみんな仲良しだけど、肩の子が一番なの。

真っ白で、目が他の子は赤なのに、この子だけ綺麗な海色をしていて。毛は長くもなく短くもなくだから、綺麗な目がよく見えます。

この子は僕が生まれた日にお家に来た子で、もう怪我は治っていて、何回か自然に帰そうと、森へ連れていったんだけど。

いくら待っても籠から出ないし、出してもすぐに籠に戻ったり、あとをずっとついてきたり。だからそのままお家にいることになりました。

それから、僕はそのことは覚えていないんだけど。僕が生まれて、僕をしっかり抱っこできるようになってから、魔獣さん達に僕を紹介するために、パパ達が僕を連れて、ぐるっとみんなの小屋を回って歩いたそうです。それで最後がこのウササだったんだけど。

中に入ったらさっきみたいにみんなが僕に寄ってきて、最後に寄ってきたのが、今一番の仲良しのこの子でした。

それでね、その時に僕は、この子のことをいきなり触《さわ》っちゃったみたい。赤ちゃんって結構力があって。前の日にはパパの鼻をギュッと握《にぎ》りすぎて、パパの鼻を赤く腫《は》れさせちゃったんだって。だからママ達は、僕に握られて、この子も怪我をするって慌てたんだ。

でも、そうはなりませんでした。なぜかその時は握らずに、そっとこの子の体の上に手を載せただけ。この子も逃げないで僕に触らせてくれて。それからずっと僕達は仲良しなんだ。

「おそうじにきました!! あとであそぼね！」

みんなにそう言ったら、みんな端っこの方に寄ってくれたよ。

「ここもか。アルフが来るとこれだ。俺が退いてくれって言っても下がらないのに」

お掃除開始!! パパがおトイレを綺麗にして、僕はその間に汚くなった藁をまとめて、袋に入れたら小屋の外に持っていきます。大体の藁を片付けたら、今度は残っていたお野菜のお片付け。

もう乾いてカピカピのお野菜。新しいご飯に、すぐに変えてあげるからね。あっ、でもこのカピカピのダメダメ野菜も、集めたあとにまた使うんだよ。

他の小屋から集めてきたお野菜や果物《くだもの》、お肉にお魚を全部混ぜて、特別な入れ物？ に入れたら、1カ月くらい待ちます。そうすると肥料《ひりょう》の出来上がり。

「よし、こっちは終わりだな。アルフ、終わったか？」

「うん!!」

「じゃあ次は、綺麗な藁を敷くぞ」

パパが荷馬車から藁の束《たば》を下ろしてきて、小屋の入り口周りに置いていきます。藁の束がいっぱい。ウササは藁が大好きなんだ。

ウササの藁は他の藁と違って、とってもふわふわしていて。僕がこの藁の上で寝転がっても、ぜんぜんチクチクしない。本当にふかふかもふもふの、カーペットみたいな藁です。

昔々、寒〜い季節にしか育たない、しかも決まった場所にしか生《は》えない、ふわふわ、もふもふに似ている藁があって。だからなかなか見つけられなくて、探すのがとっても大変でした。

だけどみんなその藁が欲しくて、自然に生えていた藁を取ってきて、街や村で育てたんだ。だけどどうしても上手に育ってくれなくて。

でもある日、特別な藁と別の種類の藁を間違えて一緒に植えたら、とっても不思議なことが。自然の特別の藁よりもふわふわ、もふもふじゃないけど、とっても気持ちのいい藁が、新しく生えてきたんだ。

それからも何回か自然の藁を育てたみんな。やっぱり自然の藁は育たなかったけど、新しく生えてきた藁は育てることができて、しかも新しい藁は、季節関係なく育てることができたんだ。

それからずっと、みんなは新しい藁を育てるようになりました。だからウササ達にいっぱいこの藁をあげることができるの。

パパが藁を運んでいる間に、僕は藁を縛っている紐《ひも》を外します。そうするとふわふわふわっと藁が広がって、僕と仲良しウササは、その藁に顔を突っ込みました。うん、やっぱり気持ちがいい。それから2人で顔を出して、お互いの顔を見て笑って。

「ふへへへ」

『きゅううぅぅ』

「何をやってるんだ？　ほら、藁を敷くぞ」

パパが藁の敷き方を教えてくれて、そのあとは左からパパが、右から僕が藁を敷いていきます。でも……。

う～ん、上手《うま》く敷けない。パパは下の地面が見えないように、綺麗に敷いてるのに、僕は所々《ところどころ》地面が見えちゃっている。

「じめん、みえる。ぜんぶわらじゃない」

「ん？　地面？　ああ、そういうことか。それくらいなら大丈夫だぞ。アルフは初めてなんだから十分だ。それに藁はみんなが動いているうちに動いて、最後には全部綺麗に地面が見えなくなるからな。パパだって今は綺麗だけど、そのうち地面が隠れるぞ」

僕が肩に乗っている仲良しウササを見て、大丈夫？　って聞いたら、頷いてくれました。仲良しウササは僕の質問に、いつも頷いたり、首を振ったりして答えてくれるんだ。

パパもママも、そう見えるだけだって。言葉も、簡単な言葉はなんとなく分かっているかもしれないけれど、僕が質問するような、難しい言葉は分からないって言います。

でも、そんなことないよね。だって今だってちゃんと答えてくれたもん。他のみんなも、時々お話を聞いてくれるし。

仲良しウササが、ウササ達に何か言いました。そうしたらみんなが集まってきて、僕がちゃんと藁を敷けなくて、地面が見えていた場所を、綺麗に直してくれたよ。

「ありがと!!」

『きゅう!!』

それからどんどん藁を敷いていった僕達。残り半分くらいになった時、小屋の外からママの声が聞こえて振り向いたら。ママが大きな籠を持って、小屋の入り口に立っていました。

「あら、なんでみんなそんなに並んでいるの？　アルフを先頭に行進しているように見えるわよ」

「それがなぁ、アルフが藁を敷いたあと、なぜかウササが集まってきて、藁を動かし始めたんだよ。それでアルフが動くたびに、ウササがアルフに続くもんだから、長い列みたいになって。

挙句《あげく》そのまま進んで、行進してるように見えるんだ」

「なぜか集まって？」

「どうやらアルフを、手伝ってくれてるらしい」

「手伝うなんて、今までそんな動きしたことないでしょう。私も見たことがないし」

「いや、それは俺もないんだが、どう見てもそうにしか見えなくて。それに今日はこれ以外にも、アルフのことで色々あったんだよ。まぁ、あとで話すが」

「まぁいいわ。それよりもあと少しで終わりでしょう。私も手伝うから、ささっと終わらせてしまいましょう。ご飯を食べたらアルフもみんなと遊びたいでしょうし。そのあとの泥遊びの準備もしてきたわ。それからこれ」

ママが籠を開けると、そこにはニニンがいっぱい。なんでニニン……。

「3日目のニニンより、今日朝イチで採《と》ってきたニニンの方が新鮮でしょう？　そっちは私達が食べて、こっちをみんなに」

「ああ、そうだな。ほら、みんな朝イチニニンだぞ」

『『きゅううぅぅ!!』』

ウササ達、大興奮。肩に乗っている仲良しウサササも、何回も僕の肩の上で飛び跳《は》ねているし、とってもニコニコ。最後はみんなで足を交互にパシッ、パシッと動かして、一番嬉しい時の仕《し》草《ぐさ》を始めました。

ウササはとっても嬉しいことがあると、足を交互に動かして、パシパシ地面を叩くんだ。タイミングはパシパシだったり、パッシンパッシンだったり色々。その時その時で違うんだけど、それがダンスしているように見えて、とっても可愛いんだよ。

でもニニンで喜ぶのはちょっと……。そのあとはママも一緒に、藁を敷いた僕。僕が藁を敷いたあとを、今までみたいに直してくれたみんなは、ずっとダンスしたまま直していました。

「さぁ、これで藁は終わりだ。最後まで頑張ったな!! あとは餌箱に餌を入れれば、本当に終わりだぞ。ニニンはお昼ご飯のあとにあげるんだろう？ 他の餌を入れるぞ」

「うん!!」

僕達はここでお昼ご飯を食べるから、そのあとに僕がウササにニニンをあげるんだ。コケコの時みたいに、パパが餌の入っているバケツを持ってきてくれて、僕がその木のバケツから野菜を掴んで、どんどん餌箱に入れていきます。

ウササはお野菜大好きだからね、いっぱい入れておいてあげないと、すぐになくなっちゃう。今日いっぱい入れても明後日《あさって》にはなくなっちゃうの。

だからお掃除は1週間に1回だけど、餌だけは2日に1回あるんだよ。そうしないと怒られちゃうの、コケコみたいに。前にパパが攻撃されるのを見たことがあります。

「よし、これくらいでいいだろう。さぁ、ママのところに行って綺麗にしてもらえ。それでみんなでご飯だ！」

「うん!!」

またすぐに戻ってくるからね!! 仲良しウササが肩から降りたら小屋を出て、先にお昼ご飯の準備で外に出ていたママのところへ行きます。

ママは地面にシートを敷いて、お皿を並べている最中でした。シートは特別なシート。魔獣さんの力を借りて、シートみたいなものを作って、それを使っているんだ。地球の運動会とかピクニックで使うシートと似ているよ。

「終わった？」

「うん!!」

「そう。じゃあ綺麗にしましょうね。そんなに汚れているのなら、ささっと魔法で綺麗にしちゃいましょう。でも綺麗にしても、一応は手を洗いましょうね」

ママが魔法で僕の体を綺麗にしてくれます。ええと、クリーン魔法？　汚れているところを綺麗にできる魔法です。ママはクリーン魔法がちょっとだけ使えるんだ。パパは使えない。それから魔法にはレベルがあって、ママのクリーン魔法は弱いって言っていました。

……魔法はとっても難しい。お話を聞いてもよく分からないんだ。大きくなって魔法を使うの、とっても楽しみだけど。でも、ちゃんと魔法が使えるようになるかちょっと心配です。

だって魔法が使えるようになったら、パパとママと森や林、海とか川、色々な場所へ行って冒険したいんだ。それでもっとたくさんの魔獣さんに会いたいの。

「さぁ、体は綺麗になったわよ。じゃあ次は手を洗いましょう」

今度はお水の魔法を使うママ。ママはお水の魔法と風の魔法が得意で、パパは火と土の魔法が得意です。

ママが水魔法を使うと、ママの手の上に水が溢《あふ》れて、それが集まって、僕の顔よりも少し小さい、水のボールができました。その水のボールの中に手を入れて洗った僕。洗い終わったら、お水ボールがふわふわ動き始めて花壇《かだん》の方へ。そのままお花の水にしたよ。

「さぁ、お皿を並べるお手伝いをしてくれる？」

「うん！」

ママからお皿を受け取って、順番に並べていく僕。その間にパパもウササの小屋から出てきて、洋服はママがクリーンで、手はパパが自分で水魔法を使って綺麗にしました。

今日のお昼ご飯は、魔獣ベーコンとウシシのミルクで作ったチーズ、それからレタスに似ているお野菜が入っているサンドイッチと、お鍋ごと持ってきていた、キノコのスープ。デザートは僕の大好きなコケコの卵のプリンでした。

「「「いただきます!!」」」

いっぱい動いたから、凄くお腹《なか》が空《す》いていて、すぐに食べ終わっちゃいました。それでパパが、今日は初めてのお掃除を頑張ったからって、パパのプリンをくれたんだ。僕嬉しくて、そのプリンもすぐに食べ終わっちゃったよ。

ご飯が終わったら、僕はウササ達のところへ。だってみんなニニンを待ってくれているから、早く戻らなくちゃ。

小屋に入って、ニニンの入っている籠の隣に座ったら、すぐに仲良しウササが僕の肩に乗ってきました。それから他のウササもすぐに集まってきて1列に並んだよ。今までもウササにはいっぱいご飯をあげたんだけど、いつもみんな1列に並んでくれるんだ。

「せんとうのこ、どぞ!!」

僕がニニンを持って差し出せば、先頭に並んでいたウササが、サクサクカリカリ、ニニンを食べ始めました。その間に僕は反対の手で、友達ウササにニニンをあげます。どう？　美味しい？　今日の朝に採ったばかりのニニン。

美味しそうに食べるウササ。自分の分を食べ終えると、次のウササと代わります。そうすると次のウササが前に出てきて、ニニンを食べ始めました。う〜ん、やっぱりみんなニニンが大好きだよね。

「あれ、いつ見てもおかしな光景だよな」

「本来ウササなんて、好きなように生きる魔獣でしょう。他の魔獣も大体がそうだけれど」

「まぁ、ここに慣れてるっていうのもあるかもしれないが。ウササだけじゃない、他の魔獣達だって、どうもアルフと関わる時だけ、行動がおかしくなる。俺や君の時はそれ相応に接してくるが。それにな、さっきコケコの小屋で……」

みんなにニニンをあげ終わったあとは、少しだけみんなと遊んで。最後は仲良しウササに、また遊びに来るねってお約束をして、バイバイをしました。コケコみたいにみんなが僕にバイバイしてくれたよ。次はタートのところへ出発です!!

2章　グリフォンのグーちゃんとグリちゃん

「俺はこれから、ウシシの方へ行ってくる」

「分かったわ」

「迎えに行くぞ。タートのところか？　それとも別のところで遊ぶのか？」

「タートのところにずっといるはずよ」

「分かった。今日はライアンとオルドールが手伝いに来てくれてるから、いつもよりも早く上がれる。夕方前には迎えに行けるだろう」

「ええ、じゃあその頃に」

「パパ、いってらしゃい!!」

さっきパパを呼びに来た人がいて、本当はタート達のところへパパと行くはずだったけど、ママと行くことになったんだ。パパはこれからウシシのところに行きます。

ウシシは牛に似ている魔獣で、いつもの美味しいミルクは、このウシシ達のミルクなんだよ。とっても優しい魔獣で、いつもまったりしています。でも怒ると怖いんだって。僕は怒っているところ見たことないけど。

パパは最初に乗ってきた荷馬車に。僕とママは別の荷馬車でタートのところへ出発です。

「坊っちゃま、初めての魔獣小屋の掃除はどうでしたか？　綺麗に掃除できましたかな」

「うん!!　えと、コケコのこやは……」

僕のお家には、働いている人がいっぱい。とっても広い魔獣園。パパとママだけじゃ、魔獣さん達全部のお世話はできません。

端っこから端っこまで、みんなのお世話を毎日できないでしょう？　それでずっとお掃除ができなかったら？　魔獣さん達は汚い小屋で過ごすことになっちゃって。そうしたら治している魔獣さん達の怪我が、もっと酷《ひど》くなっちゃうかも。

他の魔獣達や、迷子の子達が、病気になっちゃうかも。そうならないように、ちゃんと小屋をお掃除しなくちゃ。

それにご飯も。食べるものがなかったら大変。みんなお腹いっぱいご飯を食べて、いつでも元気じゃなきゃダメだもんね。だから僕のお家では、たくさんの人が働いてくれています。

それでね、広いからみんな移動が大変でしょう？　だからみんな荷馬車で移動して、今はタートの方へ向かう荷馬車に乗せてもらっているの。

タートの小屋がある場所までは、荷馬車で15分くらい。その間、連れていってくれるブルーノおじいちゃんに、今日のお掃除のことを話しました。

「ほほほ、それはよかったですね。初めてでそんなにできたのなら、魔獣達は皆喜んでいるでしょう。さぁ、着きましたよ。帰りはどうしますか？」

「帰りは迎えに来てもらえるから大丈夫よ。ありがとう」

ママの荷物を下ろすと、ブルーノおじいちゃんはすぐに出発。もう少し先の魔獣さんのお世話をしに行きました。

僕はこれから、子タート達と一緒に泥遊びです。タートは亀に似ている魔獣で、小さい子から大きい子まで色々。今お家にいるタートで一番大きい子は、普通の自動車の半分くらいの大きさ。一番小さい子は、僕の手のひらサイズ。

タートは泥が大好きで、太陽で甲羅《こうら》を乾かしている時以外は、いつも泥に乗っかっていたり、泥に完全に潜《もぐ》っていたり。

でもね、大きな大人タートと小さな子タートが、一緒に泥に入ると危険なの。自然の森や林にある大きな沼なら問題はないけど。お家じゃそんなに大きな沼は作れないでしょう？　それでみんなで泥に入ったら？

小さなタートが大きなタートに潰《つぶ》されちゃって、泥の中に沈められることに。タートは泥に潜っていても、顔だけは泥から出して息をするんだ。だから小さい子が泥に沈められちゃったら、息ができなくて大変。

それで普段は大人と柵《さく》で分けて、小さい沼を作ってあげてその中に。時々は僕と一緒に、泥んこ遊びするんだよ。広い場所で遊ばせてあげるの。

いつもはビニールプールくらい。でも僕と遊ぶ時は、ビニールプールの3倍くらい。遊んだあとは、ママがささっと魔法で泥を乾かして、元通りの地面に直すから大丈夫。

「さぁ、ママは最初の準備をするから、アルフはみんなを籠の中に入れておいてくれる？　ちゃんと扉を閉めてからやるのよ」

「うん!!」

ママはこれから泥を作る前に、土魔法で柵を作ります。みんながどこかに行っちゃわないように。僕はその間、これから一緒に遊ぶ子タートを運ぶために、みんなを籠に入れます。

「こんにちは!!」

ドアを閉めてから、みんなに挨拶。それから小屋に置いてある籠を僕の隣に置きます。そうするとウササみたいに、みんなが寄ってきてくれて、1匹ずつ落とさないように籠の中へ。

子タートは今、全部で6匹。隣に親タートがいて、親タートが怪我をしてここへ来たから、みんなも一緒に来たんだよ。

「ママ！　みんなかごはいった!!」

「籠持てる？」

「ひっぱる!!」

「引っ張るって、それじゃダメよ」

ママがすぐに柵を作り終えて小屋の中へ。それで籠を持って、みんなで小屋を出ました。

「今から泥を作るから待っていて。アルフはちゃんと靴《くつ》を脱ぐのよ」

ママが魔法で泥を作ろうとします。でもその時、向こうからブルーノおじいちゃんじゃなくて、別の働いている人がママのところに。聞きたいことがあるみたいで、ママは泥を作るのを中止。僕はその間に靴を脱ぎ終わって、子タート達とママを待つことに。

すぐに靴を脱いで、僕とタート達は泥に入る準備万端《ばんたん》。だけど……。なかなかママと、ママに質問をしに来た人のお話が終わりません。質問をしてきたのはセイントさん。ちょっと前に僕のお家で働き始めたばかりの人です。

だから分からないことがいっぱい。本当は働き始めたばかりだから、他の人と一緒に仕事をしているんだけど。今はその一緒に働いている人が、道具を取りに行っちゃっていて。分からないことあって、そうしたら近くにママがいて、お話を聞きに来たみたい。

ママは説明するのに、見せた方がいいって、ちょっと離れた別の魔獣さんの小屋に行ってお話ししているんだ。お仕事のことは大切なお話だから、お邪魔しちゃダメだけど。でも、早くみんなで遊びたいのに。

それからもママ達のお話は続いて、僕もタート達もグテってなっちゃいました。僕は座ってぐてぇ、タート達はお腹を見せてぐてぇ。なんとタート達は、亀みたいな姿で動き方も亀と同じなのに、自分でお腹を見せることができるんだよ。

魔法でひっくり返るの。タートは水の魔法と風の魔法がとっても上手。だけどそれぞれ得意な魔法は違っていて。今僕の近くでお腹を見せている子は風魔法でひっくり返って、一番遠くにいる子は水魔法でひっくり返ったの。

敵がいなくて、絶対に安全って分かっている時は、お腹を見せてぐてぇってするんだよ。あとは交代でグテっとするの。この前は横になっている子がいて、僕ビックリしました。

「ママ、おそい」

『ボ』

「はやく、あそびたい」

『ボ』

みんなもそうだって。タートの鳴き声は『ボ』とか『ブボ』とか色々。今のは、そうだねって言っているはず。

そう僕達がお話ししている時でした。斜め後ろにある、タートの小屋の近くから、僕達を呼ぶ声が聞こえて、僕は返事をしたよ。

『グワァァァ!!』

「グーちゃん、なぁに?」

タートの小屋の隣には、グリフォンっていう魔獣の小屋と柵があります。大きなタカ?ワシ? とにかく大きな鳥さんで、パパや僕、ママが一緒に背中に乗ってもゆるゆるなくらい、とっても大きいんだ。

あだ名はグーちゃんと、グリちゃん。パパが魔獣園を作って、最初にお家に来たのが、グーちゃんとグリちゃんでした。凄く酷い怪我をしていて、魔獣園に来たんだ。

本当はね、グリフォンはとっても危険な魔獣なんだって。街を襲ったり、旅をしている人達を襲ったり。とっても強くて、もしグリフォンが襲ってきたら、倒すのが大変で、何人も怪我をしちゃう時もあるんだって。

だから最初、ここにグーちゃんとグリちゃんが運ばれてきた時、街の人達は2匹を追い出そうとしました。それか、やっつけちゃえって。2匹が人を攻撃しようとしたから。

でもパパもママも、絶対にグーちゃん達を助けるって言いました。あのね、グーちゃん達が人を攻撃したのは、人がグーちゃん達に、しちゃいけないことをしたからだったの。グーちゃん達の仲間の卵を盗んだんだよ。

グリフォンは危険って言われているけれど、人を攻撃してくるグリフォンと、攻撃しないグリフォンは半分半分くらい。だから襲ってこないグリフォンは、人が何もしなければ普通は攻撃しないんだ。

グーちゃん達も攻撃をしないグリフォンでした。だけど大切な卵を盗《と》られて、盗った人達を攻撃したの。それなのに卵を盗った人達は嘘を吐いて、グーちゃん達が何もしないのに攻撃したって言ったんだよ。

だから強い人達がグーちゃん達を攻撃。でもおかしいと思ったパパ達が調べて、グーちゃん達が悪くないって分かったから、急いで攻撃をやめてもらってお家に運んだの。だけど一度襲ったんだからって街の人達は反対して。

それからパパ達とお友達が、街の人達といっぱいお話をしました。その結果、街の人達は優しいグリフォンって分かってくれて、それからグーちゃん達はずっとお家にいます。

それで僕が生まれてから少しして、自然に戻そうとしたんだけど、絶対に動かなかったからお家にいることになったの。

「グーちゃん、どうしたの？」

『グワァ』

僕は立ち上がってグーちゃん達の方へ。グーちゃんは他のグリフォンよりも大きくて、グリちゃんは普通サイズ？　グーちゃんとグリちゃんって名前は、僕が考えたんだよ。

僕は時々『しゃ』とか『しゅ』って言っちゃうでしょう？　前はもっと上手くお話しできなくて、グリフォンって言えなかったんだ。だからグーちゃんとグリちゃんって呼んだの。

本当は自然に帰るかもしれない魔獣さんに、名前をつけちゃいけないんだけど、グーちゃん達が気に入ってくれて、パパがもうそのままでいいって。

「あのね、これからどろんこするの。でも、ママのおはなしおわらないの」

『グギャア？』

グーちゃんが『グワァ』、グリちゃんが『グギャ』って鳴きます。

「ぼく、まほ、できないから、まってるの」

たぶんグリちゃんは、自分で泥を作らないのか、って言ったと思うんだ。

『グギャア、グギャ』

『グワワ！　グワァァァァ』

グーちゃんがグリちゃんを軽く押しました。それから僕の方を見て、ニヤッと笑って。足を上げてちょいちょいって僕にやります。これは後ろに下がれって言っているのかな？　僕はグーちゃんに言われた通り、タート達が入っている籠を引っ張りながら後ろに下がりました。

それで5歩くらい下がってグーちゃんを見たら、うんうん頷いたグーちゃん。やっぱり下がれで合っていたみたい。そしてすぐに、２匹一緒に翼をバサッ!!　と思いきり広げました。

あっ!!　合図だ!!　これ、パパとママが言っていた合図だよね。僕はお腹を出してグテっとしていた子タート達に急いで声をかけます。

「みんな、おきて!!　グーちゃんたちのまほ、みれる!!」

僕の言葉を聞いた瞬間、子タート達が急いで魔法を使って、いつも通りの格好に戻ります。それからいつもはゆっくり歩くのに、ササッと歩いて籠の端っこに。そしてまた魔法を使って立ち上がると、籠に寄りかかるようにして、首を思いきり伸ばしました。

一番小さい子タートは、それでも籠から顔が出なかったから、僕が持ってあげたよ。1匹ならしっかり持てるからね。

なんで僕が、グリフォンが魔法を使うって分かったのか。それは、何回かパパとママに、グリフォンの魔法のことを聞いていたからです。

この世界にはドラゴンもいるんだけど、その中のワイバーンって言うドラゴンが、前に街の上を通ったんだ。ワイバーンもとっても怖い魔獣で、グリフォンは半分しか攻撃してこないけど、ワイバーンは攻撃してくるのばっかり。その時もワイバーンは街を攻撃してきました。

パパ達は街を、魔獣園を守るために、頑張ってワイバーンと戦ったの。でもパパ達でもなかなか勝てなくて。

その時でした。グーちゃんとグリちゃんが手伝ってくれて、なかなか倒せなかったワイバーンを倒してくれたんだ。みんなはグーちゃんとグリちゃんにお礼をしました。

でも……。グリフォンの攻撃はとっても強いでしょう？　近くにいたパパの頭の上をグーちゃん達の魔法が通って、パパの髪の毛はチリチリになったの。魔法がもうちょっと下を飛んでいたら、パパは大怪我をしていたかもしれなくて。

だからパパはグーちゃん達に言ったんだ。助けてくれて、手伝ってくれてありがとう。だけどもし、今度攻撃するなら、その時は最初だけでもいいから、何か合図をしてくれって。

そうすればすぐに退いて、自分達も危なくないし、グーちゃん達も思いきり魔法が使えるだろうからって。

次の時はすぐに来ました。２日後、倒したワイバーンの仲間？　が攻撃してきて。その時、グーちゃん達が翼をバサッ!!　と広げたの。

それが合図だって気づいたパパ達は、すぐにその場から退いて。グーちゃん達は思いきり魔法を使えたんだ。

本当に自分の話を分かってもらえたのか、ってパパはビックリして、それからずっと思いきり羽を広げるのが合図になりました。

僕はそのことをパパとママに教えてもらっていたの。翼を広げることは時々あるけれど、攻撃の時は思いきり広げるから、ちゃんと分かるって。

『グワァッ!!』

グーちゃんが鳴いた次の瞬間、グーちゃんは水魔法を、グリちゃんは土魔法を使いました。魔法はビュビュビュビュビュッ!! バシャシャシャシャシャッ!! って、ママが作った柵の中に水と土が飛んでいって。魔法が止まると柵の中には……。

ちょうど柵ギリギリまで泥ができていました。僕は子タートを籠に戻して拍手《はくしゅ》。子タート達も手を振ったり、しっぽを振ったり。みんな喜んでいます。でも僕達が喜んでいたら、ママが凄い勢いで走ってきたよ。

「ママ、おしごと。なかなかおわらないねって、タートとおはなししてたら、グーちゃんとグリちゃんが、つくってくれた!!」

「作ってくれたって……、何かが攻撃してきたわけじゃないのね？ はぁ、久しぶりにあなた達が魔法を使ったから、ビックリしたわよ」

ママがそう言いながらグーちゃん達を見ます。僕も一緒に見たら、グーちゃんとグリちゃんが、今度は片方の翼だけを上げて、綺麗にできたぞって、カッコつけていました。

「攻撃に使うような魔法じゃなくても、あなた達ならその場にちょっと水と土を出すくらい簡単でしょう。アルフ達に見せるからって、格好つけちゃって」

「ねぇ、ママ。も、あそんでい？」

「ええ、いいわよ。ママはもう少しお話ししてくるから、勝手にどこかに行っちゃダメよ。どこかに行きたくなったら、ちゃんとママを呼んで」

グーちゃんとグリちゃんのおかげで、泥遊びができます。遊び道具を持って僕は泥の中へ。子タート達はママに出してもらって、みんながバシャバシャ泥の中へ入ります。

あれ？　いつもの泥と違うような？　僕はピタッと止まりました。僕だけじゃないよ。子タート達も止まって、顔を見合わせます。なんかいつもよりも泥がふわっとしているような？

「いつもよりもふわふわ？」

『『『ボッ！』』』

みんなもそう思ったみたい。ママはもう行っちゃったから、あとで聞いてみようかな？

グーちゃんとグリちゃんが泥を作ってくれて、いつもより広い泥に、みんなであっちに行ったり、そっちに行ったり。

タート達は歩くのが遅いのに、泥の上だととっても速くて、それから甲羅で泥の上を滑《すべ》ったりもするからさらに速く進んで、時々僕を追い抜いていきます。

そうだ!!　僕もタートの甲羅で遊ぼう!!　タートは大きくなると、古い甲羅から新しくて大きいのに、甲羅を交換するんだよ。えと、自分で甲羅を作るんだ。

魔法でね、少しずつ綺麗な砂や貝殻《かいがら》を固めて、自分の体に合わせて甲羅を作るの。貝殻は色々なものを使うから、その中にキラキラ光る貝殻が入っていると、太陽の光でキラキラ光って、とっても綺麗なんだ。

それからとってもカラフルで、好きな模様を作るタートもいます。丸とか三角とかお星様とか波線《なみせん》みたいなのとか色々。

古い甲羅は使わなくなっても綺麗だから、お店で売っているんだ。僕のお家には、いつもタートがいるから、いっぱいタートの甲羅があります。

もし泥がついていても洗えば綺麗になるから、時々泥の上で甲羅に乗って、パパやママに引っ張ってもらって遊ぶんだ。今、パパはいないしママはお話しだから、足で漕《こ》ぎます。

ええと、今日はどの甲羅に乗ろうかな？ 僕は泥から上がって、甲羅が置いてあるところに。タートの小屋に5個置いてあるんだ。他はお家に飾っていたり、物置《ものおき》小屋に入れたり。

「う～ん、どれがいいかな？」

僕が考えていたら、タートがみんな集まってきて、バラバラに甲羅を顔で押します。あのね、5個の甲羅は、今ここにいるタート達の甲羅なんだ。

全体が赤色でキラキラしている甲羅と、水みたいに綺麗な色でふんわりふわふわって揺れているように見える不思議な甲羅と、黄色で星のマークの模様がある甲羅です。

「う～ん、きょは、ほしのこら!!」

僕が星の甲羅を選んだら、その甲羅を作ったタートが『ボー!!』って大きな声で鳴いて、しっぽをフリフリとってても嬉しそうにしました。他のみんなは残念そう。また今度ね！

急いで甲羅を持って戻ります。あっ、甲羅はなかなか割れないくらい凄く硬くて、でもとっても軽いから、僕でも引っ張れば運べるよ。

甲羅を泥の上に置いて、その上に乗っかって、足で進み始めます。泥の上だから滑りやすくてスイスイ。でも途中から、子タート達がみんなで押してくれて、もっとスイスイ。

いっぱい泥の上をスイスイ滑った僕達。最後に競走をすることにしました。

「よい、どん!!」

わぁ!!　とみんなが泥の上を滑り始めます。時々滑りすぎて、転がることも。僕もくるんと1回転。背中もお尻も全部泥だらけになっちゃったよ。でもゴールまでしっかりと。ゴール!!　僕が一番ビリだったよ、残念！　次は頑張ろう!!

競争が終わったら甲羅を横に置いて、今度はブラシを持ってきました。小さいブラシで、みんなの甲羅を洗ってあげる時間です。

みんながささっと、他の魔獣さんみたいに1列に並んでくれます。なんでパパの時は、みんな並んでくれないのかな？　ママの時は並んだり並ばなかったり。

「はじめます!!」

僕はブラシをしっかり持って、そっと先頭の子タートの背中をゴシゴシします。最初はそっと。そのあとは子タートに聞いて、強くゴシゴシしたり、弱くゴシゴシしたり。みんな違うからちゃんと聞かなくちゃダメなんだよ。

「どうですかぁ？　きもちいいですかぁ？」

『ボー……、ボボ!!』

「わかりました！　つよくします!!」

今のはもう少し強くって言ったんだよ。たぶん？　ちょっと強くゴシゴシ。

「どうですかぁ」

『ボッ!!』

うん、ちょうどいいみたい。このままゴシゴシ、ゴシゴシ。

「かゆいとこないですかぁ」

『ボー……ボッ!!』

うん、痒《かゆ》いところもなし。そのまま最初の子タートの背中をゴシゴシ続けます。背中もお腹も全部ゴシゴシ。

そうしてゴシゴシが終わったら、お水で1回洗うの。汚いのを流してから、新しい泥をつけたり、そのまま泥の中に潜ったり。綺麗なままがいい子は、そのままここに持ってきた籠の中に入ってもらうんだ。

「はい！　ゴシゴシおわりです！　えと、おみずは……」

失敗、お水を用意するのを忘れていました。急いで木のバケツを持って、お水の出ている場所まで行こうとします。

僕用の小さな木のバケツだから、あんまりお水は入れられなくて、何回もお水を汲《く》みに行かないといけないからちょっと大変です。

『グギャア!!』

『グワァ!!』

僕がお水を汲みに行こうとした時でした。グーちゃんとグリちゃんが鳴いて、僕を呼んだよ。今の声は僕のことを呼ぶ時の鳴き声。パパもママもいつも、鳴き声はほとんど変わらないって言うんだけど。やっぱり違うよ。

「どしたのぉ？」

『グギャア、グギャアァァァ、グギャア』

『グワワ、グワワァ、グワァァァ』

今は、なんて言っているのか、あんまり分からなかったよ。でも、そっちに行かなくてもいい？　って。たぶん。

「ぼく、おみずだよ」

『グギャア』

そうしたらグーちゃんが足を上げて、木のバケツに向かって爪をちょいちょいってしました。下に置けって言ったの。たぶん。

「バケツ、したにおくの？」

グーちゃんが大きく頷きました。

「う〜ん、でも、いまみんなをあらってあげているの。おみずいるんだよ」

『グギャア、グッギャア』

あ、今のは分かったかも。いいからさっさと置けって言ったんだよね。なんだろう？　僕はどうして下に置くのかよく分からないまま、その場に木のバケツを置きました。

そうしたらグーちゃんが魔法を使うポーズをしたから、僕は急いで泥の方へ。子タート達もグーちゃんの魔法を見ようとして、1列に並びました。僕もその隣に並んだよ。

「なんの、まほかなぁ？」

『ボッ!!』

『ボボッ!!』

今みんなが言ったのはたぶん、凄い魔法!!　いつも凄い魔法だもん!!　ね、グーちゃん達の魔法は、凄い魔法ばっかりだもんね。

グーちゃんが、僕達が離れたのをちゃんと見てから、また片足を上げました。それからバケツに向かって爪をひょいって。そうしたら爪の少し先に、小さな水の塊《かたまり》が現れて、その塊からチロチロ水が伸びてきたんだ。

それが木のバケツに向かっていって、そのまま木のバケツの中に入っていくと、ちょうど満杯のところで、チロチロ水が止まりました。

「ふおぉぉぉっ!!」

『『『ボーッ!!』』』

僕も子タート達も手足をバタバタして拍手。

「グーちゃん、ピッタリ!!」

『ボッ!!』

『ボボボッ!!』

たぶん今言ったのは、凄い!! 少しも溢れてない!! って。ね、凄いね!! 僕達が拍手すると、グーちゃんはニヤリ顔。それからフンッ! と胸を張ります。あれ? グリちゃんがブスッとしている?

僕、グーちゃんは凄く大きな魔法しかできないと思っていました。だって、魔獣さん達をサッ!!　とやっつけちゃう魔法ばかりだもん。

パパが用意したグーちゃん達の大きなご飯も、シュシュシュシュシュシュッ!!　って簡単に切り分けちゃうし。他に、さっき作ってもらった泥もそうだし。

大きな魔法でサッ!!　と全部終わらせちゃうって思っていたの。でも、こんな小さな木のバケツにピッタリお水を入れるような、小さな魔法もできたんだね。

少しの間、みんなで拍手をしたあとに、グーちゃんに用意してもらったお水で、最初の子タートの甲羅を流してあげます。と、その時、グーちゃん達の方から、バシッ！　ドシッ！　みたいな音が聞こえてきました。

見てみたら、なんかグーちゃんとグリちゃんが足で蹴り合いをしていました。なんで急に喧《けん》嘩《か》？　僕は子タートの背中を綺麗にしながら2匹に注意します。

「ケンカ、ダメよ！　ママにおこられちゃうよ！」

魔獣さん達が少し喧嘩するくらいならママは怒りません。でも大きな魔獣さん達が喧嘩すると。ちょっとの喧嘩でも、何かが壊れちゃうかもしれないからってママが怒るんだ。

グーちゃんとグリちゃんは大きいから、すぐに怒られちゃうの。今はママがいないから大丈夫だけど、ママが戻ってきて、怒られちゃったら嫌でしょう？

『グギャア！』

『グワワ……』


グーちゃんはニヤニヤしたまま、グリちゃんはブスッとしたまま、蹴り合いをやめました。

最初の子タートを綺麗にし終わって、次の子をすぐにゴシゴシシャンプーします。それで3匹目の子を洗ったあと、お水がなくなっちゃって、グーちゃんにまた頼もうとしたら。グーちゃんを押して、退かせて、今度はグリちゃんがお水を入れてくれたんだ。

グーちゃんだけじゃなくて、グリちゃんも小さい魔法ができたんだね。僕達はまたまた拍手です。でもせっかく拍手したのに、またグーちゃんとグリちゃんが蹴り合いを始めちゃったんだよ。どうして拍手したのに喧嘩するの？


「もう！　ケンカだめ!!　ママよんじゃうよ!!　ごはん、なしになっちゃうよ!!」


僕がそう言ったら、喧嘩をやめた2匹。ママは凄く怒ると、ご飯なし!!　って。前にグーちゃん達、ご飯なしになったでしょう？　僕とパパが、あとでこっそり持ってきたんだよ。

2匹はお互いをジロッと見たまま。でも喧嘩はやめてくれたから、僕は残りの子タート達を綺麗にシャンプーしてあげました。そうしてタート達は、みんな甲羅がキラキラ光って、とっても綺麗です。

今回はみんな綺麗なままがいいみたいで、全員が籠に入りました。僕は最後に、さっき遊んだ甲羅を綺麗にします。それからまた汚しちゃわないように、頭に甲羅を乗っけてタートの小屋まで運んで、壁にかけたら終わり!!

もうすぐママは戻ってくるはず。ママが戻ってくるまで何しようかなぁ。僕は泥の周りを行ったり来たり。もう綺麗にしちゃったから、泥はちょっとぉ。でも何もしないのは。

『グギャア、グギャ』

『グワァ、グワワ』

「あのね、どろは、みんなきれいになったから、おわりなの。でもせっかくグーちゃんたちがつくってくれたどろだから、このままおかたづけ、もったいないの。それに、ママがもどってくるまで、なにしてあそぶか、かんがえてるの」

グーちゃん達は、どうしたんだ？　もう終わりか？　なんで行ったり来たりしているんだ？って言ったと思うんだ。だから僕はそうお話ししました。

『グギャア、グギャギャギャ』

『グワワ、グワァ』

今のは、また作ってやるぞ、それに残しておきたいなら囲んでしまえばいいだろ、って言ったのかな？　囲む？　どういうこと？

グーちゃんが足を上げて、今度は泥の方を指します。それから顔でくいくいして、僕に泥から離れろって。だから僕は急いで、子タート達が入っている籠を引っ張りながら移動します。

それからみんなは籠に寄りかかりながら首を伸ばして、一番小さい子は僕が抱っこ。僕達の準備はバッチリです。

グーちゃんとグリちゃんが魔法を使う前の格好をしたよ。２匹で魔法を使うみたい。僕もみんなも楽しみで、前に乗り出しそうに。そうしたらグーちゃんに注意されちゃいました。失敗しっぱい。

最初の魔法はグーちゃんでした。グーちゃんの顔の前に大きな白い丸が現れて、その光が消えると、そこには大きな岩が浮かんでいました。

その岩を浮かせたまま、泥のところまで移送させたグーちゃん。魔法だから大きな岩だって空中をスイスイです。岩は泥の真ん中で止まったよ。

次はどうするのかな？　と思っていたら。フンッ!!　と力を入れたグーちゃん。その瞬間、岩がバシュシュシュシュ!!　って細かく砕《くだ》けました。そして砕けた岩は、泥の上をシュルシュルと渦《うず》みたいに回り始めて、僕も子タート達もビックリです。

『グギャア、グギャギャ！』

『グワワ!!』

ビックリしているうちに、グリちゃんが水魔法と草魔法を使います。あ、あの草、とってもベトベトする草だ！

あのね、グリちゃんは草の魔法がとっても得意なんだ。ツルを出して敵をぐるぐる巻きにしたり、鋭い葉っぱでシュシュシュッ!! と切る攻撃をしたり。

今出した草は、とってもベトベトしている草で、あれが体にくっつくと、体を上手く動かせなくなるんだ。それで敵を止めるんだよ。

水と草は泥の方へ飛んでいくと、シュルシュルしている岩に混ざって、一緒にシュルシュル回り始めました。でも少しすると、回るのが遅くなってきて。

今度はグーちゃんとグリちゃんが、同時に風魔法を使いました。ビョオォォォ！ と今日で一番強い魔法です。風魔法がさっきの岩とベトベト草と水にぶつかると、回るのが止まって、今度はウネウネ動き始めたよ。なんかね、粘土《ねんど》を捏《こ》ねている時みたい。それで綺麗な、大きなお団子《だんご》ができたんだ。

と、お団子ができたと思ったら、それが平らに広がり始めて。泥が全部隠れるくらいに広がったら、今度は山形になりながら、泥の上に乗っかったんだ。

おおお!! 僕達は拍手です。でもね、まだ終わりじゃありませんでした。グーちゃんとグリちゃんが、山型の地面の部分に泥をバシバシッ!! とつけたあと、風魔法で乾かしました。

『グギャア!!』

『グワァッ!!』

今のはたぶん、これで出来上がりだ、中に入って見てみろって言ったの。僕は子タート達の入っている籠をずるずる引っ張りながら、山型の穴が開いているところへ。砂のお山にトンネルを作るみたいに穴が開いていて、そこから中に入れました。

穴から中を覗《のぞ》きます。あれ～、暗くて見にくい。

「なか、くらいぃ～」

しまった、って言っているようなグーちゃんの声が聞こえて、僕達の後ろから小さい光の玉が何個か飛んでくると、山の中に入ります。そして。

「おおお～!!　どろのこや!!」

『『ボー!!』』

泥の小屋の完成です!!　これならいつでも遊べるね。でも泥が乾いたら、ただの土になっちゃわない？　僕がそう言ったら、グリちゃんが、いつでも遊べるように、泥が乾かないようにしてくれるって。たぶんそう言ったから、僕も子タート達もまたまた拍手です。

『グギャア、グギャアアアア』

『グワワ、グワアアアア』

ん？　今度はどうしたの？　泥は解決だろう？　なら別のことで遊ぼう、そう言ったと思った僕は、子タートの籠をまたズルズル引っ張ってグーちゃん達の方へ。

足で指された場所に立つ僕達。グーちゃん達が魔法を使う格好をして、そよそよって僕達に向かって風が吹いたと思ったら、僕と子タート達はふわふわ浮かび上がりました。

「ひょおぉぉぉ!!」

『『『ボーッ!!』』』

僕や子タート達の下で、さっきみたいな渦の風が吹いていて、僕達は空中をふわふわ浮いています。

「ひょおぉぉぉ!!」

『『『ボーッ!!』』』

しかも浮いただけじゃなかったんだ。そのままあっちに行ったりそっちに行ったり、グーちゃんとグリちゃんが風を動かして移動させてくれたの!!

「あっち!! あっちいって!!」

『ボー!!』

『ボボボ!!』

これ、とっても楽しい!! 魔法ってこんなこともできるんだね! 僕が魔法を使えるようになったら、こういう魔法もできるのかな? 楽しみだなぁ。

と、みんなで遊んでいる時でした。

「これはなんなの!! あなた達、何をやっているの!!」

「おやおや、これは」

突然ママの大きな声が聞こえて、振り向くとママが驚いた顔をして立っていました。それから、ブルーノおじいちゃんも立っていたよ。あれ？ ブルーノおじいちゃん、バイバイしたのになんでいるの？

「おじいちゃん、おしごとおわり？」

「ちょっと道具を取りに来たのですよ」

「今はそんなことはいいのよ！ 今すぐに降りなさい!!」

え～、楽しいのに。僕達はちょっと文句を言いながら、風魔法から降りました。

「そこに座りなさい!!」

ママに言われて、その場に座るグーちゃんとグリちゃん。ママ、とっても怒っています。グーちゃんもグリちゃんも、悪いことしていないのに。

さっきちょっと喧嘩をしたけど、今はしていなかったし、それに大きな魔法を使って、ものを壊したりもしていないよ？ なんでそんなにママは怒っているの？

僕はママにお話ししようと思って、子タート達もグーちゃんとグリちゃんが心配で、一緒にママにお話しするって。たぶんそう言ったから、籠をズルズル引っ張って、一緒にママのところに行ったよ。

「ママ、どうしておこってるの？　グーちゃんもグリちゃんも、けんかしてないよ。まわりもこわしてない」

『ボーボボ！』

『ボボボ!!』

子タートト達も、そうだって。たぶんそう言っています。

「アルフ、喧嘩をしていなくても、ものを壊していなくても、怒られることは他にもあるのよ。勝手にものを作るのもいけないし、大人がいないところで、魔法で遊ぶのもダメなのよ」

でも、いつも僕が遊びにくると、みんな魔法で遊んでくれるよ？　どうしてグーちゃんとグリちゃんが魔法で遊ぶのはダメなの？

う〜ん、でも、勝手に泥の小屋はダメダメだったかも？　僕がお家で何か作る時は、小さいのはいいけど、大きいものはちゃんとママに言いなさいって。これはごめんなさい？

「確かに少しの魔法ならいいのだけれど、魔法を使っている魔獣が問題よ。頭のいい子達だから、大丈夫だと思うけれど。……でも、ここにアルフ達がいたら話が進まないわね」

ママはブツブツ何かを言ったあと、ブルーノおじいちゃんと子タートの小屋へ行きなさいって。みんなを小屋に帰してあげてって言いました。

「ママ、どろのこや、ごめんなさい。ぼくもみんなも、うれしかったの。だからいっしょにごめんなさい」

『『ボボー』』

僕がごめんなさいってしたら、子タート達もペコって頭を下げました。

「そうね、勝手に作ってもらって、喜んだのはごめんなさいね。分かったわ。ちゃんとごめんなさいできたから、それはもういいわよ。でもママ、グーとグリと話があるから、ブルーノと、子タート達の小屋へ行っていてね」

ママ、いいって。よかったぁ。もうグーちゃんもグリちゃんも怒られないよね。魔法のことでママが怒ったら、僕達がいつも魔法で遊んでいるって、ママに言ってあげるからね。

ブルーノおじいちゃんが子タート達の入っている籠を持ってくれて、そのまま僕達は子タートの小屋へ。それからママとグーちゃん達のお話が終わったのは、結構時間が経ってからでした。あんまりお話ししていて、パパのお迎えが来ちゃったんだ。

「なんだなんだ、何かあったのか？　って、この山はなんだ？」

「あなた、お疲れ様。もう聞いてよ。グーとグリが……」

ママがパパに、ささっとグーちゃん達のお話をします。

「あ〜、また、やらかしたのか。アルフがここへ来ると、何かしらあるな」

「その話をしていたら、時間がかかっちゃったのよ」

「それにしても、ずいぶんしっかりしたものを作ったな。俺達が建てた小屋と、変わりないんじゃないか？　これなら雨風は完全に凌《しの》げるし、地面にもしっかりと設置させているぞ」

「そうなのよ。これはこれでしっかりと作られているから、残そうと思って。でもこれ以上は何も作らないように言っておいたわ。どこまで分かってくれているか分からないけれど」

「大丈夫だろう、グリフォンだからな。今までだって、ほら、魔法を使う時は、ってのも、しっかり分かって、知らせてくれるだろう？　他にも色々聞いてくれるじゃないか」

「アルフ達に使う魔法は？」

「はは、それればっかりは、その時その時で注意するしかないだろう」

「もう、笑いごとじゃないのよ。怪我をしたらどうするのよ」

「まぁ、今回はそれぐらいにしてやれ。２匹とも分かったよな」

『グギャア……』

『グワァ……』

ん？　ドアのところから見ていたら、グーちゃんとグリちゃん、なんかお顔がニヤニヤしているような？

そのあとパパとママがお話をして、泥の小屋はそのままでいいって決まって、それを聞いて僕も子タート達も拍手。今度からここへ来たら、すぐに泥で遊べます。

「またいっしょにあそぼね!!」

子タート達にバイバイをして小屋から出たら、次はグーちゃんとグリちゃんのところへ。

「グーちゃん、グリちゃん、どろとまほ、ありがと!! バイバイ!!」

僕がグーちゃんとグリちゃんにバイバイをしたら、２匹とも翼をバサバサ。バイバイをしてくれました。

「ブルーノ、仕事を中断させて悪かったな」

「いえいえ、あと少しで終わるところでしたから、明日やれば大丈夫です」

「そうか。明日は俺も手伝おう」

「ブルーノおじいちゃん、さようなら!!」

「はい、さようなら」

ブルーノおじいちゃんとバイバイして、みんなにもう1回バイバイして、パパがローバーに指示をして荷馬車を動かします。

今日はとっても楽しかったなぁ。初めてのお掃除と、初めての餌やりと、泥遊びとシャンプーと。魔法もいっぱい楽しかった。明日はどの魔獣さんのところに行くのかなぁ。

＊＊＊＊＊

夜も更《ふ》け、おそらく我らのアルフは、すでに深い眠りについているだろう。この時間になると、ここ魔獣園の魔獣達は、アルフを起こさないよう、細心《さいしん》の注意を払って話をし始める。我らのアルフが眠っているんだぞ、我らの話す声で起こすなど、あってはならない。

『では、これより、今日の反省点を話し合う』

『『『はい!!　親分!!』』』

『まず、アルフの父親、エドガーについてだが、相変わらず我らへの挨拶がなっていない。アルフに注意されても、群れのトップである我ではなく、別のコケコに挨拶をしようとは。これについては、さらにエドガーがしっかりと理解するまで、教えていかなければいけない』

『『『その通りです!!』』』

まったくアルフの父親エドガーは、長い間我らの世話をしているというのに、我らのことを理解していない。まったくどうなっているんだ。

もちろんエドガーにも、彼の妻シャーナにも感謝はしている。いや、感謝しきれないほどだ。人間は我々魔獣と敵対することが多い。人間にとって無害な魔獣ともだ。

そうした人間達のせいで、どれだけの魔獣達が傷ついてきたか。そしてそんな傷ついた我々が、自然の中で生きていくのは難しく、我も同じような状況だったのだが。

エドガーは危険とされている魔獣でも、人に危害を加えないと分かれば、この魔獣園に受け入れ、怪我が癒《い》えるまで、しっかりと治療をしてくれる。

そうして今までにどれだけの魔獣達が助かったことか。だからこれに関しては、魔獣園にいる魔獣達、そして旅立っていった魔獣達全員もとても感謝している。

が、我らには我らの、それぞれの魔獣にはその魔獣の、生活というものがあるのだ。我らコケコは、力のある者が群れのボスとなり、他のコケコ達をまとめて、群れの中で揉《も》めごとが起こらぬよう、しっかりと群れをまとめる。

もし揉めごとが起これば、その揉めごとを起こした者達の話を聞き、その問題を解決する。問題ばかりが起きる群れは、ボスが無能とされてその座を追われることも。

我はあとからここへ来たコケコ達に、しっかりと我のことを分からせ、この群れの規律《きりつ》を守ってもらっている。

そんな我に対するエドガーの挨拶といったら。こんなに魔獣達と関わっているのに、どうして我らの群れのことを理解できないのか。

エドガーが我々のところに来た時に、我がボスであると分かるよう、何回か下の者に、我に挨拶をしているところを見せたのだが。

エドガーにはそれが理解できないのだ。なんでみんな並んで鳴いているんだ？　それで終わりだぞ。挙句ボスの我に対して、あの軽い挨拶だ。挨拶はしっかりするものだろう。

それに比べてアルフは、しっかりと我らを観察し、我らの順位を理解している。今日、初めての掃除をするため小屋に入ってきたが、きちんと最初に挨拶してくれた。

なぜ、子供が我々のことを理解できるのに大人ができない。まったく、エドガーにはこれからも指導が必要だ。

『よし、次だが。今回のアルフの掃除。我々のゴミの分別《ぶんべつ》はきちんとできていただろうか？　皆から見てどうだった？』

『エドガーが散らかして、台なしになりました!!』

『はぁ、そちらに関しては、挨拶同様これからも指導を続ける』

『藁が少し取りにくかったみたいです。平らな方が集めやすいかと思いましたが、平らすぎたのか、塵取りで取る時に藁同士がくっつき、ビロ～ンと繫《つな》がってしまって。そのせいで取りにくかったようです、もう少し山型に集めた方がいいかもしれません!!』

『分かった。藁班はその辺を考え、次回はアルフが取りやすいようにしてくれ』

『餌の残りも、もう少し集めた方がいいかもしれません！　ポロポロと溢れてしまい、取りにくそうにしていました!!』

『分かった、そちらもそれで進めてくれ』

アルフの初めての掃除。アルフはどうだっただろうか？　嫌になっていなければいいのだが。次回も来てくれた時のために、しっかりと話し合っておかなければ。

と、話し合っている時だった。向こうの方から『グギャア』という鳴き声が聞こえた。あの声は我と同じくらい、この魔獣園で暮らしている、我にとっては迷惑な魔獣の声だ。なんだ？　あの嬉しそうな声は。

我はこの魔獣園にいる中で、かなりの古株《ふるかぶ》だ。我が来る前にすでにこの魔獣園にいて、まだここに残っている魔獣は5匹ほど。我と同時期にここへ来て、残っている者が6匹ほどいる。

アルフが生まれてからは、ここへ残りたい魔獣達が増えてしまい。そういう魔獣達は我ら古株と話し合い、自然へ帰ってもらっている。

だが、その帰った者達も近くに留《とど》まる。アルフに何かがあった場合、すぐに動けるようにと待機《たいき》してもらっているためだ。近隣に住んでいる魔獣達は、この魔獣園の出の者が多い。

『グギャア、グギャアァァァ』

『グワァ、グワァァァァ』

『なんだと!!』

今奴らはなんと言った？　アルフに贈《おく》り物をして喜ばれただと!!

『コッコ、コケーッ‼』

我はすぐに奴らに言う。そんな嘘、すぐにバレるぞ、と。だが奴の答えは。言っていろ、我らは今日、何回アルフに喜ばれたことか、と言ってきたのだ。奴ら、アルフに何を贈った⁉

＊＊＊＊＊

夜中、魔獣園の魔獣達が話をし始め、魔獣園の中は少しだが騒がしくなった。しかし皆アルフを起こさないように、なるべく小さな声で話している。

以前のように大きな声で話し、アルフが寝られなくなったら大問題だ。あの時は本当に可哀《かわい》想《そう》なことをした。寝ているアルフの妨害をするなど。

だが、あれの原因は、向こうで暮らしている、我らと同じ時期にここへ来た、親分コケコのせいだ。我がアルフに贈り物をして喜ばれたと言ったら、ぎゃあぎゃあと文句を言い始め、その騒ぎのせいでアルフは起きてしまったのだから、我に責任はない。そう、ないのだ。

我らとアルフとの付き合いも、今年で3年目。ついにアルフは今日からエドガーと共に、我々魔獣達の世話をしに来てくれた。これで今までよりも、もっと長く接することができるようになるだろう。

この魔獣園にいる魔獣達にとって、いや周りに住んでいる魔獣達にとっても、アルフは特別な存在だ。実はアルフは、両親も誰も気づいていないが、神から送られてきた神の愛し子《いと》なのだ。こんな素晴らしい存在が、我々の住む場所で誕生するなど。

神に愛される存在というだけあって、アルフが生まれた瞬間、我らはすぐにそれに気づいた。そしてアルフから溢れ出る、温かく全てを包み、我らを癒やしてくれるような力に惹《ひ》かれた。そのため我らは皆で話し合い、アルフをどんな脅威《きょうい》からも絶対に守ると誓《ちか》った。

が、我らのようにアルフを好きになり、守っていこうと思う魔獣ばかりではない。神の愛し子など関係なく、人間は人間として、敵だ、獲物《えもの》だと考えている魔獣達が時々街を襲ってきた。エドガー達が対処できない場合は、必ず我々が襲ってきた魔獣達を始末した。

また問題は魔獣だけではない。もしアルフが神の愛し子だと人々にバレた場合、人間や獣人の中には、神の愛し子を攫《さら》い、金儲《かねもう》けをしようとする奴らが必ず出てくるはずだ。そうなった場合も、我らは全力でアルフを守ると誓っている。

と、ここまでは全員で話し合って決めたことだが、それ以外で争いが起こっている。別にアルフを害するような争いではないが。

これまですくすくと育ってくれたアルフ。このままさらに成長してくれたら、いつかアルフにも魔法を使える日が来るわけだ。

両親達は知らないようだが、人間よりも力を持っている我らなら、アルフのまだ表に出ていない力を知ることができる。そう、我らは高度な鑑定《かんてい》の能力で、アルフが将来使えるようになる魔法を知っているのだ。

神の愛し子なだけあって、将来はさまざまな魔法が使えるようになるアルフ。その魔法の中に、魔獣契約がある。

魔獣契約……。心を通わせた人と魔獣が契約することで、契約した人間とさらに深く繋がることができるようになる魔法。

あんなにとっても可愛い……ゴホンッ、素晴らしいアルフと、いつか契約ができる。それを知った我らは、アルフが魔獣契約できるようになったら、一番に契約してもらおうと、ずっとアルフに自分をアピールしている。

これが我らの間で起こっている争いだ。何しろライバルだらけだからな。しかもここだけではない。出ていって、アルフを守るために待機している者達も、そのチャンスを狙《ねら》っている。

だから今日も、少しでもアルフにアピールできるよう色々頑張った。アルフ達のために、ただの泥ではなく、少し魔力を入れたサラサラな砂で、触り心地のいい泥を作った。

そのあとはバケツに水を入れてやり、いつでも泥で遊べるように頑丈な小屋を作った。最後は細心の注意を払いながら、風魔法で遊ばせてやった。今日アルフが接触したコケコ達、ウササ達、子タート達に、負けるわけにはいかないからな。

小鳥達の偵察《ていさつ》で、親分コケコ達がアルフに掃除でアピールしたことと、ウササ達がアルフを手伝ってアピールしたことの報告を受けていた。だから我らは、泥や小屋、魔法の贈り物をした。その贈り物のことを、今、親分コケコと仲良しウササに伝えてやったのだ。我々はこれだけの贈り物をし、アルフがとても喜んでくれたと。するとすぐに文句を言ってきたのは、親分コケコだった。

『コッケー!! コケコー!!』

みんな同じように贈り物をすべきだと？　そんなこと関係あるか。

『コケコ、コケコケ、コケコ』

柵の中になかなか入れてもらえない我らより、直接接触できる時間の長い自分達の方が、これからさらに絆《きずな》を深められるだと。ふん、それだって、もう少しアルフが自由に動けるようになれば、問題などない。

と、親分コケコと話していると、仲良しウササが間に入ってきた。夜だから皆が静かに話しているおかげで、奴の声がしっかり通って聞こえたのだ。昼間は小鳥達に偵察させていたが。

『きゅう、きゅ!!　きゅううぅぅ』

『なんだと!!　そんなことを!!　それは報告にないぞ、どういうことだ!!』

『きゅうぅぅぃ！　きゅ!!　きゅきゅきゅっ!!』

抱っこまでは分かる。だが抱きしめられて、撫《な》でてもらっただと!?

＊＊＊＊

みんなが起き始めて、僕達もウササもみんなで起きて、今日のお話です。だって、今日は初めて、アルフが僕達の小屋をお掃除しに来てくれたんだよ。コケコ達のお話が聞こえてきたけど、僕達もこれからのことをお話ししなくちゃ。

『ねぇねぇ、今日は僕達ちゃんとできていたかな？』

『お掃除の邪魔にはならなかった？』

『ちゃんとその辺、お話ししないとね。またお掃除をしに来てくれた時、僕達の小屋、あんまり汚いから、もうお掃除いやって言われたら大変』

『ご飯も1匹ずつもらえなくなっちゃうかも』

『お前は、肩に乗せてもらえなくなっちゃうかもしれないもんな』

『うん!!』

いつも僕だけが、アルフに抱っこしてもらえるし、肩に乗せてもらえるんだもんね。もしそれをしてもらえなくなったら大変。

まずはお掃除の話から。トイレに関しては、コケコ達みたいにあとでまとめなくても、ちゃんと同じ場所でトイレするから大丈夫だと思うんだ。新しくここに来たウササ達にも、しっかり守ってもらっているし。

『うん、おトイレは大丈夫そうだね。まぁ、ちゃんとおトイレをするのは当たり前だけど、少しでも周りに飛び散って汚くなったら、アルフのお父さんに片付けてもらえばいいよ』

『そうだね。アルフにはご飯の方を片付けてもらえれば、カピカピ野菜だから、あんまり汚れないもんね』

うんうん、それがいいね。汚いのはアルフのお父さんでいいや。

『じゃあ次、藁を敷くのはどうだったかな？』

『アルフ、初めてなのに、藁を敷くのがとっても上手だったね』

『うん！　こう、ふんわり敷いてくれたもんね』

『アルフのお父さんが、いつも通りに敷いてくれるのは助かるんだけど。今日アルフが藁を敷くのを見て、触っちゃうとね』

『アルフのお父さんのは普通で、アルフのはとってもふかふかで、寝る場所をみんなでじゃんけんしないといけなくなっちゃった』

アルフが藁を敷いてくれたところと、アルフのお父さんが藁を敷いてくれたところ。藁がね、ぜんぜん違ったんだよ。元々僕達が使っている藁はとってもふわふわだけど、今日はいつもと違って、アルフが敷いてくれた藁はもっとふわふわだったんだ。

こうお空に浮かんでいる、もこもこに見える雲。あのもこもこ雲に乗ったら、こんな感じなのかなってほど、ふわふわだったの。

だから誰がそのふわふわの場所で寝るのか、取り合いになっちゃって。じゃんけんで決めることになったんだ。僕は大丈夫だったけどね。僕がいつも座っている場所に、ちゃんとアルフが藁を敷いてくれたから。

今日、アルフのお父さんの藁になったみんなはブツブツ。だから、もし今度、アルフとアルフのお父さんが藁を敷きに来てくれたら、交代するって決まりました。

『僕達、ちゃんとお手伝いできたかな？』

『大丈夫だと思うよ。でもあんなにふかふかな藁なんだから、僕達が潰しちゃわないように気をつけながらお手伝いしないとね』

『今日の1列に並んで敷くの、よかったんじゃない？　あれなら他をあんまり踏まないで歩けるから、さらにふかふかを維持《いじ》できるよ』

『うん、そうだね。じゃあアルフが藁を敷く時のお手伝いはあれでいこう』

藁を敷く時のことが決まったよ。これで少しはアルフが楽になるといいなぁ。

なんて、みんなで今日のことをお話ししていたら、親分コケコとグーちゃんの喧嘩する声が聞こえてきた。

何々？　ふ〜ん、贈り物をしたんだ。それから魔法を使って遊んだ？　でもさ、僕、グーちゃん達のことで、ある子から報告を受けているんだよね。

僕達は勝手に外に出られないでしょう？　それなのにアルフが小屋に来てくれた時しか、アルフにアピールできなくて。だから僕はアルフが来てくれるまでに、アルフが今、何が欲しいか、何をして欲しいのかの、情報をもらうんだ。

それでアルフが来た時に、僕にできる限りで、アルフの望みを叶《かな》えてあげようって思っているの。アルフが契約できるようになったら、一番に契約してもらうためのアピールだよ。

その情報を僕に伝えてくれる魔獣は何匹かいるんだけど、今日の情報をくれたのは、小さなアントのアトです。アトはどこにでもいる小さな虫魔獣だけど、僕のお友達なの。

それでそのアトが言うには、今回のグーちゃん達の贈り物と魔法は、アルフのお母さんにとっても怒られたんだって？　グーちゃん達はコケコよりも先に贈り物を贈ったって、魔法で一緒に遊んだって、とっても自慢げに話しているけどさ。

でも、それでアルフに心配をかけたでしょう？　それじゃあダメなんだよ。心配しなくちゃいけない贈り物や遊びで喜ぶなんてさ。

その点、僕は今日、レベルアップしたんだ。今までも頭の上や肩や、お膝に乗せてもらっていたけど。いつもアルフのお父さんやお母さんが一緒で、半分以上はお父さん達が僕を支えていた感じ。

でも今日は、1人で僕を抱きしめて、いっぱい撫でてくれたんだよ。これは他の魔獣達はしてもらっていないでしょう。だからきっと、アルフの今の一番大好きは僕のはずなんだ。

僕は親分コケコとグーちゃんに聞こえるように、今日のことを知らせたよ。そうしたら親分コケコもグーちゃんも、とっても慌てちゃって。ふふん、どうだ‼　僕が一歩リードだ‼

＊＊＊＊＊

「う〜ん」

目を開けて周りを見ると、まだ部屋の中は暗くて。テーブルのランタンと、天井《てんじょう》に上げてくれているママの光魔法の小さな光の玉が、綺麗に光っていました。う〜ん、まだまだ夜中？

僕はズルズルとベッドから降りて、窓の方へ行きます。なんかねぇ、ガウガウ、ワァワァ、ギャアォォオ、きゅう、コケコー‼　って、魔獣さん達の鳴き声がいっぱい聞こえるんだ。

昨日僕はお家に帰ってきてから、パパといっぱいお話ししました。とっても楽しかったんだもん。ママにちょっと怒られちゃったけど、楽しかったことはパパにちゃんとお話ししなくちゃって。パパはずっとニコニコ。ママみたいに怒らないで僕のお話を最後まで聞いてくれました。

「そうかそうか、楽しかったか。じゃあ明後日も頑張ろうな！」

「うん!!」

「楽しかったでしょうね。私がこの子と子タート達の『ひょおぉぉぉ』だか『ボボボ』だか『ボー』だか、喜んでいる声を聞いて、現場を見た時の気持ちといったら。もう、『ひょおぉぉぉ』じゃあないわよ。『ひょおぉぉぉ』じゃ」

「まぁまぁ、今日くらいいいじゃないか。今回は初めてのお掃除も頑張ってくれたし、それくらいの楽しみがあっても。でも次からはママを怒らせないように気をつけないとな」

「うん！」

あのね、お掃除は今日初めてだったでしょう？　だからまずは何日かおきに、魔獣さんの小屋をお掃除するんだよ。それで慣れてきたら、少しずつ回数を増やしていくんだって。うんとねぇ、僕が5歳くらいになるまではゆっくり。

そして夜のご飯を食べた僕達は、みんなでゆっくりするお部屋で、まったりゴロゴロしていたの。僕、いつもよりも早く眠くなっちゃって。ママが疲れたんでしょうって。だからいつもよりも早く寝たんだ。

そうしたら途中で魔獣さん達が、いつも夜は静かなのに、今日はいろんなところで鳴いているから、目が覚めちゃったみたいです。

僕は窓のところに、小さな僕専用の椅子を運んでいって、カーテンを開けました。

うん、まだまだ外は真っ暗。魔獣さん達がいるところには、それぞれ小さな灯《あか》りがついているけど。向こうの方は真っ暗で、お空にお星様がいっぱいキラキラしていました。

僕は窓を開けて、魔獣さん達にお話ししてみます。僕の声、聞こえるかな？

「みんな、どしたの？　きょうは、よるにおはなし？　みんなねるじかんよ。えと、よるのまじゅうさんは、おきてるのいいけど」

お昼に起きている魔獣さん、夜に起きている魔獣さん、みんなそれぞれ時間が違うもんね。でも、絶対にお昼に起きている魔獣さん達の声も聞こえたもん。どうしてみんな起きて話をしているの？

僕がみんなにお話ししてすぐでした。たぶん屋根で鳥さんが大きな声で鳴いて、次に、お家の近くの小屋にいるローバーが大きな声で鳴いて。そのまた次は、ちょっと向こうの魔獣さんが鳴いてね。僕のお家から離れていくように、魔獣さん達が鳴いたんだ。

その途端、また魔獣さん達が、今までよりも大きな声で鳴き始めて。なんかみんなとっても慌てていたよ。ただその慌てた鳴き声はすぐに止まって、静かになったんだ。今まであんなに鳴いていたのにだよ。魔獣さん達、本当にどうしたんだろう？

＊＊＊＊＊

『親分大変です!!　アルフさんが起きてしまったようです!!』

『ええい、分かっている!!　お前達、これより絶対に話すな。奴らとの話の続きは、朝になってからだ』

『『はい!!』』

＊＊＊＊＊

『兄貴、まずいぞ！　アルフが起きてしまった!!』

『分かっている!!　まったくコケコとウササのせいで、声が大きくなってしまったか。奴らとの話は一旦《いったん》おしまいだ！　今からは何も話すな。どうせ朝になれば、向こうから先に文句を言ってくるだろう』
『ああ、そうだな』

＊＊＊＊＊

『わぁ、大変⁉ アルフ起きちゃったって‼』

『コケコ達やグーちゃん達が煩くするからだよ。僕達は静かにお話ししてたのに。でもみんなが静かになって、僕達だけ話してたら、今度は僕達が煩いって言われちゃうかも。今からみんな静かにだよ！』

『『うん‼』』

3章　くさ〜い芋虫さんの泥はとっても危険

『あ！　ここに小さな穴があるよ』

『本当だ？　なんでここに穴があるんだろう？』

『僕達、ちょうど通れそうな穴だね』

『なぁなぁ、ちょっとそこまで行ってみないか？』

『え〜、危なくない？』

『大丈夫だって。あそこに俺達とアルフのおもちゃが置いてあるだろう？　あそこまでなら、いつも遊びの時に行ってるんだから大丈夫さ』

『パパとママに怒られちゃうかも』

『怒られる前に帰ってくればいいだろう？』

『う〜ん、今日は夜に働いている人間はお休みかな？　大きな魔獣がいる方には人がいるけど』

『だから、今なら誰にも見つからずに、行って帰ってこられるじゃないか。ほら行こうぜ!!』

『本当に大丈夫かな？』

『みんな、ちゃんと俺についてこいよ！』

『わぁ、僕達だけのお出かけ、ドキドキするね!!』

本当に大丈夫かな？　僕達はまだ1回も、僕達だけで外に出たことないんだよ？　ママやパパには時々外に出る許可をもらって、でも決まった場所に行って帰ってくるだけで、勝手には出ていかないでしょう？

僕、とっても心配だよ。それに一番小さい子も一緒なんだよ。この前生まれたばっかりの、僕のことをお兄ちゃんお兄ちゃんって、いっぱい呼んでくれる、とっても可愛い女の子。パパとママは違うけど、僕の大切な妹。

『よし、このまま真《ま》っ直《す》ぐ進むぞ!!　必ず前の奴のしっぽを噛《か》んでついてくること。それとチビは真ん中で、その後ろがお前な』

僕達小さい子の中で、一番お兄ちゃんのモルーがそう言ったよ。チビは妹のこと。妹は一番小さいからみんなで守れるように、迷子にならないように真ん中。その後ろは僕ね。僕の後ろにも3匹くっついたよ。

小屋の下の部分に穴が開いていて、そこから出たのは僕と妹を含めて全部で8匹。みんなでバラバラにならないように、前の子のしっぽに噛みついて、1列で進むんだ。

あのね、ガブッ!!　と強く噛んでないから痛くないよ。こう、しっかりと、だけどそっと噛んでいるから痛くないの。あっ、でも妹の前の子はちょっと痛いって。妹は今噛む練習中だから、もしかしたら強く噛んじゃっているかも。

『ごめんなしゃい』

『大丈夫、大丈夫。この前より上手くなってるよ』

『よし!! そのまま直進。途中で横にズレるなよ!!』

みんなでどんどん進んで、目指すは僕達のおもちゃや、魔獣の色々な荷物が置いてある小さな小屋。いつもアルフが僕達のところへ来てくれた時に使う、おもちゃがしまってあるんだ。

『あと半分くらいだ! 問題ないな?』

一番お兄ちゃんが一旦止まって、僕達の方を振り返って、僕達はしっぽを噛んでいて話せないから、手を上げてお返事。今のところ問題なし。

『よし!! あと半分だ!!』

そのあとも僕達は問題なく進むことができて、ついに小屋に到着しました。

『ほらな、ちゃんと来られただろう!!』

『本当に僕達だけで来れちゃった!!』

『ねぇねぇ、どこから小屋の中に入る?』

『確かこっちに隙間《すきま》があったような……。おっ、あったあった。みんなこっちだ!』

一番お兄ちゃんについて、ドアの隙間から小屋の中へ入ります。

『う～ん、暗いな。でもまぁ、俺達は少し暗くても平気だから大丈夫だろう。みんな今から自由行動だ。でもこのおもちゃ箱の周りからは離れるなよ。少し経ったら呼ぶから、そうしたら小屋に帰るからな』

『『はーい!!』』

『おにいちゃ、あたち、あっちみちゃい!!』

『いいよ、一緒に行こうね』

2匹でおもちゃ箱の横の方へ移動して、僕は妹に待っているように言って、おもちゃ箱を登ると、小さなボールを取ってあげたよ。それで遊び始める妹。

それでね、妹が遊んでいる時、他の子が話しかけてきたんだ。それでちょっとだけ妹から目を離しちゃった僕。すぐに話は終わって、妹はボールでちゃんと遊べているかな？　って後ろを振り返ったら……。

『……ちーちゃん？』

僕は妹のことをちーちゃんって呼んでいるんだ。チビのちーちゃん。でも僕がちーちゃんを呼んでも返事はなくて、姿もありませんでした。

『ちーちゃん!!　どこ!?』

僕の声に、今話をしていた子がどうしたの？　って。だからすぐにちーちゃんがいないって伝えて、慌てて2匹でちーちゃんを探し始めました。
おもちゃ箱の周りを2回まわって、でもちーちゃんはいなくて。次はちょっとだけおもちゃ箱から離れてちーちゃんを探して。でもやっぱり姿がありません。返事もしてくれないの。

『ちーちゃん!!　ちーちゃんどこ!?』

『大変だ！　僕、一番お兄ちゃんを呼んでくる!!』

一緒に探していた子が、一番お兄ちゃんを呼びに行ってくれて、すぐに一番お兄ちゃんと、他の子も来てくれたよ。

『どうした!?　何があった!?』

『僕、ボールを取ってあげて、ちーちゃんはそれで遊んでいたんだ。その途中で、ちょっとだけ6番目のお兄ちゃんとお話ししたんだけど、お話が終わって振り返ったら、後ろで遊んでいたはずのちーちゃんがいなくなってたの！』

『大変だ!!　おもちゃ箱の周りは探したか？』

『うん、ちょっと離れた場所も探したけどいないし、呼んでも返事してくれない』

『まずいぞ、早く探さないと。でもバラバラに探すと、今度は別の誰かが迷子になるかもしれないからな。みんな1列にしっぽを噛んで並べ!!　それで1列でチビを探すぞ！　探すだけじゃなくて、途中途中で止まって、全員でチビを呼んでみよう！』

すぐに小屋へ来た時みたいに、しっぽを噛んで1列に並びます。

『もし何かあった場合は、前のモルーのお尻を叩いて知らせろ。絶対に離れるなよ！』

一番お兄ちゃんについて、ちーちゃんを探し始めます。ちーちゃんどこに行っちゃったの？どうして僕の側《そば》から離れちゃったの？

ううん、違う。どうして僕はちーちゃんから目を離しちゃったんだろう。話をする時もちーちゃんを見ながらお話しすればよかったのに。どうして僕は……。

必ず見つけるからね。ちーちゃん待っていてね!!

＊＊＊＊＊

「じゃあ、行ってくる」

「お昼に帰ってくるのよね？」

「ああ、そのつもりだ。今日はアイスホースの方へ行く予定だからな。お昼だけ食べに戻ってくるよ。君はシマウのところだろう？」

「ええ、アルフと一緒にシマウの様子を見てくるわ」

「お～い、隊長!!」

外からパパを呼ぶオルドールおじさんの声が聞こえました。オルドールさんは、パパのことを隊長って呼ぶんだよ。

「分かった、今行く!!　それじゃあ昼に」

バイバイしてパパはお仕事に。僕はママの準備が終わるまで玄関で待ちます。今日はママと一緒に、シマウの小屋に行くんだ。

ちょうどママの準備が終わった時に、迎えの荷馬車が到着しました。今日は同じ方角に行く、エルビンさんの荷馬車に乗せてもらいます。

「奥様、坊っちゃま、おはようございます」

「おはようございます!!」

「おはようエルビン。さぁ、アルフ行きましょう」

今日のママのお仕事は、怪我をしている魔獣さんの治療だよ。とっても酷い怪我や、とっても酷い病気の魔獣は、別のお医者さんがお家に来て、強い魔法を使って治してくれます。

それでほとんどの魔獣さんはすぐに治っちゃいます。でもなかなか治らない魔獣さんも時々いて、そういう魔獣さんがいる時は、毎日先生が来てくれて治療してくれるの。

今日の魔獣さんは、その凄い先生じゃなくて、ママでも治せる魔獣さんなんだ。ママは中位の治せる魔法を使えるから、今日はママが治療します。

治療する魔獣さんはシマウ。シマウマさんに似ている魔獣さんです。地球のシマウマさんは縦とか横に白黒シマシマ模様だけど、シマウは全部横にシマシマ模様なの。

それから小さな角《つの》が1本頭に生えていて、いつもその角がパチパチしているんだよ。雷《かみなり》の魔法が得意なんだ。

足を骨折したシマウがお家に来て、骨折はもう治っているんだけど、まだ少し痛いみたい。

「ママ、ごはんあげてい？」

「ええ、いいわよ。あっ、でも乗るのは、ママのお仕事が終わってからにしてね。この前みたいに勝手に乗っちゃダメよ」

「うん！」

でもこの前は、僕が勝手に乗ったんじゃないんだよ？　僕がみんなにご飯をあげていたら、一番大きなシマウが、僕の洋服の首のところを噛んでヒョイッ！　と、僕のことを上に飛ばしたの。

それで僕はそのまま、一番大きなシマウの背中の上に着地。ちゃんとお腹から着地してね、そのままシマウが柵の中を1周してくれたんだ。だから僕が乗りたいって言ったんじゃないし、勝手に乗ったんじゃないんだよ？

20分くらいして、シマウの小屋に到着です。

「では、2時間後くらいにお迎えに」

「ええ、頼むわね」

エルビンさんと別れて、すぐに僕とママはシマウの小屋に。まずは元気なシマウ達を、小屋から広い柵の中へ出してあげます。

「おはよございます!!」

『『ヒヒィー!!』』

みんながおはようをしてくれたよ。シマウの小屋の中は、パパじゃなくて他の人が、一昨日《おととい》お掃除してくれたからとっても綺麗。藁もいっぱい敷いてあって、その藁が一番いっぱい敷いてある場所に、足の痛いシマウが寝そべっていました。

「じゃあアルフは、この餌をあげながら待っていてね。自分で運べる?」

「うん!! ひっぱる!!」

「あなたいつも引っ張るのね。まぁ、しょうがないのだけれど」

ママに餌の入っている籠をもらって、ズルズル引きずりながら、柵の方へ出ていったシマウ達のところに。あっ! もう並んでいる! 早く行かなくちゃ!!

魔獣園の魔獣さんはご飯をあげる時、ほとんどが並んでくれるでしょう? シマウ達もそうなんだ。

「みんな、まってぇ」

一生懸命に籠を引っ張る僕。と、急に籠が軽くなりました。軽くなったっていうか、何も感じなくなったっていうか。後ろを見たら、一番大きなシマウが籠の端っこを噛んで、籠を持ってくれていたんだ。

『ヒヒィ！』

「ありがと!!」

たぶん、持ってやるから早く行けって言ったんだよ。僕はお手伝いしてもらいながら、先頭のシマウのところに。今日のご飯はサツマイモに似ているお芋《いも》です。

「いちばん、どぞ!!」

僕がお芋を持って前に出すと、先頭のシマウがゆっくり食べ始めます。食べ終わったら次のシマウに交代。みんなゆっくり食べるけど、あんまり遅くは食べません。

前にね、あんまり遅く食べるシマウがいて、途中で喧嘩になっちゃったんだ。それでそのシマウがみんなにとっても叱《しか》られて。それからはみんな同じくらいの速さで食べるようになったの。

「おいし？」

『ヒヒィー!!』

みんな足の痛い子以外、元気いっぱい。そのあともどんどん僕はシマウにご飯をあげます。でもその途中でした。

『……ママ』

『大丈夫、お兄ちゃんがいるからね』

そんな声が聞こえた気がして、僕は後ろを振り返りました。でも僕の後ろには誰もいません。

あれぇ？　気のせいかなぁ？　誰かお話ししてなかったぁ？

『ヒヒィ？　ヒヒィ』

「あ、ごめんね。すぐにあげるねぇ」

僕は慌てて、次にご飯を待ってくれているシマウの方を見ます。

「おいしいですかぁ」

『ヒヒィー!!』

そのあと、シマウ全員にご飯をあげて。でもママの治療はまだ終わっていなかったから、もう1回ご飯をあげようと思った僕。ママにご飯をあげていいか聞きました。ご飯のあげすぎはパパもママもダメだって。

「いいわよ！　でももう1回だけにしてね。自分でご飯を持ってこられる？」

「うん！　だいじょぶ!!」

ママがいいって言ったから、僕はお芋を持ってこようと思って、籠を持ち上げました。持ち上げたけど、半分地面にこすっています。籠にものが入っていても、入っていなくても、大きな籠だからどうしても地面にこすっちゃうんだ。

ズルズル引っ張っていこうとする僕。でも急に籠が軽くなって。見たら一番大きなシマウがまた籠を咥《くわ》えてくれていました。

「ありがと!!」

『ヒヒィー!!』

籠を持ってもらって、お芋が置いてある場所へ。他のシマウもみんなついてきました。箱にはお芋がいっぱい。でもママに言われた通り、シマウの頭数分だけを籠の中に入れます。

あのね、みんなが手伝ってくれたんだ。僕が大きなお芋を籠の中に入れたら、みんながそれぞれお芋を籠の中に入れてくれて。僕が入れた大きなお芋を、一番大きなシマウが食べれば数はちょうどに。みんなありがとう。

お芋の準備ができたから、さっきご飯をあげていた場所に戻ります。戻る時も一番大きなシマウと、別のシマウが籠を咥えて運んでくれたよ。それからすぐにまた1列に並ぶシマウ達。

僕はまた一番先頭のシマウからお芋をあげていきます。

そして半分くらいのシマウに、お芋をあげた時でした。

『ママ……、ママ……』

『今一番のお兄ちゃんが、お水を探してくれてるからね。それで体を綺麗にしたら……』

あれ？　また聞こえた？　またさっきの声が聞こえて、僕はすぐに後ろを振り向きました。

でもまたまた同じ、後ろには誰もいなかったんだ。

「あれぇ？　やっぱりちがう？」

『ヒヒィ？　ヒヒイイイ、ヒヒィ？』

「あのね、こえがきこえたきがするの。でも、だれもいないんだぁ」

今のは一番大きなシマウが、どうしたんだ？　さっきから後ろを向いて、何かあるのか？

って言ったと思ったの。だから声のことをお話し。

『ヒヒィ？　ヒヒイイイ、ヒヒィ』

今のはたぶん、声がする？　誰かがいるような気配はしないが、って。それからすぐに一番大きなシマウが、声が聞こえた方の柵ギリギリまで歩いていって、静かにじっと向こうを見つめました。他の騒いでいたシマウ達も、一番大きなシマウが前を見つめたら静かになったよ。

きっと一番大きなシマウは、声がするか確認してくれているんだね。それで他のシマウは一番大きなシマウにちゃんと声が聞こえるように、静かにしてくれたの。

少しして一番大きいシマウが僕達のところへ戻ってきました。それから首を横に振って。声、聞こえなかったみたい。う〜ん、やっぱり僕の気のせい？

『ヒヒィ？　ヒヒィイイ』

今のはね、どんな声だった？　詳しく教えろって。だからさっきよりも詳しくお話しした僕。

それで話が終わると、今度は他のシマウ達が聞きに行ってくれて。でも帰ってきたみんなは、やっぱり首を横に振りました。

やっぱり僕の気のせいなのかな？　みんなは僕よりもとっても耳がいいから、間違えないだろうし。

魔獣さんのことが書いてある絵本に、魔獣さん達はみんな、とっても耳がいいって書いてあったんだ。人には聞こえない小さな音でも聞こえるって。

「ぼくの、まちがい。ごめんなさい。ごはんとめちゃった、すぐにごはんあげるね。ならんでください!!」

僕がそう言ったら、さっき途中まで並んでいた順番のまま、みんなが1列に並んでくれました。そうして今度はちゃんと最後までご飯をあげた僕。ご飯をあげ終わるとちょうど治療が終わって、ママが僕達のところに来ました。

「けが、なおったぁ？」

「あと何回か治療すれば、完璧に治るわよ」

「そか!!」

「さぁ、ママが来たから背中に乗せてもらっていいわよ」

「やった!!」

『ヒヒィーッ!!』

一番大きなシマウが僕の洋服を咥えて、僕を自分の背中へ放り投げようとします。

「待って待って!! 私が乗せるから!! もう、どうしてみんな、放り投げて乗せようとするのよ」

あのね、シマウだけじゃなくて、背中に乗せてくれる他の魔獣さん達もみんな、僕を放り投げて乗せてくれるんだ。ちゃんとピッタリに乗せてくれるのに、パパもママも危ないからダメだって。面白いのにね。

一番大きなシマウに乗って、柵ギリギリを歩いていきます。他のシマウ達も僕達の後ろからぞろぞろ1列でついてきているよ。

「これもおかしいわよね。どうしてアルフがいると、みんな列をなすのかしら」

そうして僕達は、さっきの声が聞こえたところに。それで耳を澄ませてみたんだけど、声は聞こえなかったよ。やっぱり僕の気のせいだったのかなぁ?

「さぁ、そろそろ家に戻る準備をしましょう。降りたらシマウにありがとうをしましょうね」

「うん!!」

一番大きなシマウの背中に乗せてもらって、柵の中を3周もしてもらった僕。そろそろお家に帰る準備です。ママにシマウの背中から降ろしてもらって、すぐに一番大きいシマウにありがとうをしました。

「ありがと、ございます!!」

『ヒヒィーッ!!』

今のはどういたしまして、だって。たぶん!! それからママがお芋の入っていた籠を持とうとしたら、今度は別のシマウが籠を持ってくれて。

「あら、ありがとう」

『ヒヒィッ!!』

みんなでぞろぞろ小屋の方へ戻ります。シマウみたいな魔獣がいる小屋は、夕方まではドアが開いていて、柵の方へ出入り自由になっているんだ。だから広い場所でゆっくりできるの。

「アルフがあげたから、少しお芋の量が足りないかしら。あとで補充しに来ましょう」

ママが餌箱を見て、どのご飯が足りないか確認していたら、1匹のシマウが僕のところに来て、今度は大きなお芋ねって、言ってきました。

あのね、今来たシマウのは、今日のお芋がみんなよりもちょっと小さかったんだ。お芋はみんな同じ大きさじゃないから、どうしても大きいお芋と小さいお芋の差が出ちゃって。だから次に来た時は、前の時に小さいお芋だったシマウに、大きなお芋をあげるの。

「うん!! つぎはおおきいの!!」

返事をしたら嬉しそうな顔をして、シマウが僕から離れます。そうしたら次々に来るシマウ達。みんなとお約束したよ。したんだけど、ママが僕に聞いてきました。

「ねぇ、アルフ。どうして同じシマウが、何度もあなたのところへ来ているの?」

「ちがうよ、ママ。おなじシマウじゃないよ。みんな違うシマウだよ!!」

「あら、そうなの? ママ、同じシマウに見えたわ。そういえばあのシマウはシマ模様の線が少し太いかしらね? ……よく分かるわね?」

もう、パパもママもどうして分かんないのかな? みんな似ている模様だけど、それぞれ違う模様だし、色だってみんな違うのに。パパとママはいつも間違うんだよ。

シマウだけじゃないんだよ。他の魔獣も間違うの。ウササも色々な色の子がいて、真っ白ウササに、白だけどちょっと青っぽく見えるウササ、それから、ちょっとクリーム色の子。みんな違うのに、パパもママも同じって。

最後に藁を少しだけ追加して、僕とママは小屋の外に出ました。

「バイバイ!!」

『『『ヒヒィーッ!!』』』

　みんなが小屋から顔を出して、バイバイをしてくれます。それから僕とママは荷馬車でお家に帰って、パパが帰ってくるのを待って、みんなでお昼のご飯を食べました。午後はどこに行くのかなぁ？　魔獣さんとたくさん遊べるといいなぁ。

＊＊＊＊＊

『どうしてどこにもいないの!?　みんな返事をして!?』

『落ち着け!!　今みんなで探しているから!!』

『でもあなた!!』

『おい!!　みんな来てくれ!!』

　その声に、皆で急いで声の方へ向かう。

『なぁ、これじゃないか？　あの子達が外へ出るにはちょうどいいサイズだし、チビなんて、楽々通れるだろう。それにこれを見てくれ』

　呼ばれた場所に行くと、捜索《そうさく》をしてくれていた、一番捜索が上手なモルーが、あるものの前に。俺達が行ったのは、小屋の端のところだ。

この端にはいつも荷物が置いてあって、あまり来ることはないけれど、今日は荷物がなく、広々としていた。

そしてその端に問題が。小さい子なら通れるサイズの穴が開いていた。そして捜索してくれたモルーが、その穴についていたと、俺達に渡してきたもの。それは……。

『これは……、一番の兄の毛か!?』

『たぶんそうだと思う』

『まさか、ここから外へ出たのか!?』

『何匹だ!! 何匹見当たらない!!』

『チビを含めて８匹だ!!』

『全員でここから出たのか？』

『そんな!? 私の可愛い子!?』

『落ち着け!! おい、やめろ!!』

チビの母親が穴から無理やり出ようとする。チビ達にとっては問題ないサイズでも、大人の俺達が通れる穴ではない。無理やり通ろうとすれば、怪我をしかねない。俺達はなんとか母親を止めて、他のモルーに別の場所へ連れていってもらった。

『どうする。ここから出たのが俺達が寝てすぐなら、もうかなり遠くへ行ってしまっている可能性がある』

『それか、我々は方向音痴《おんち》だと、よく皆に言われるからな。迷子になってはいるが、思ったほど離れていない場所にいるか』

『昨日ここから抜け出して、まだどこかで楽しく遊んでいて、ただ単に帰ってきていないだけ、というのが一番いいのだがな』

『本当はな。だが最悪の事態を想定して動かなければ』

『もちろん!!　アルフが来てくれるのが一番いいんだけど』

『いつ来てくれるか。いつもだったら、そろそろ遊びに来る頃だろう?』

『ああ。その間、とりあえず他の魔獣とも連絡を取ってみよう!』

『俺達の声がどれだけ届くか』

『それでもやらなければ』

どうかみんな、無事でいてくれ!!

＊＊＊＊＊

「それで、シマウの様子は?」

「順調よ。あと数回治療すれば、完璧に回復するでしょう」

「そうか。それはよかった。じゃあ少しいてもらって、あとはどうするか自分で決めてもらおう。が、残るにしても残らないにしても、土地について考えないとな。元々住んでいた場所には戻らず、近隣の森へ行くかだが。なぜかみんな近場に留まることが多いし」

「その近隣の森や林は、家から旅立った魔獣でいっぱいになりそうよね」

「ハハハッ、さすがにそこまでにはならないだろうが。もしそうなったら、隣の山をどうにか俺達の土地にするか」

「そんなことできるわけないでしょう。でも、土地を広げることは考えておかないと。裏の方は完全に広げることになるでしょうね」

「そうだな。そうなると色々と申請《しんせい》しないといけないな。手続きが面倒だから、あいつに全部任せるか」

お昼になって帰ってきたパパ。ご飯を食べながら、パパの行った魔獣さんの話を聞いたあと、僕はシマウにご飯をあげて、背中に乗せてもらったことをお話ししたよ。それからママの治療したシマウのお話もして。

午後、パパはまたまた別の場所へ。僕とママは魔獣さん達のところには行かないで、お薬を作るママのお手伝いをして、畑に行くことになりました。魔獣さんと遊べないのは、ちょっとしょんぼり。でもママのお手伝いと、畑に行くのも大好き!!

だって僕のお手伝いしたお薬で、魔獣さんが元気になってくれるのは嬉しいし。畑で僕が育てたお野菜を、魔獣さん達が美味しいって食べてくれるのも、とっても嬉しいんだもん。

「じゃあアルフ、お水を持ってきてくれるかしら。アルフの小さいバケツでいいわよ」

「うん!!」

すぐに畑の近くに湧《わ》いている、お水を汲みに行く僕。あとでお手伝いする畑だよ。お家の裏にあるの。もっともっと大きな畑は別のところにあります。

僕のお家の隣には、小さなお家があって、そこでママは薬を作ります。どうしてお家で作らないで、隣で作っているのか。それは……。

僕ね、何回か見たことあるの。でも初めて見た時はビックリしました。僕のお部屋の窓のところに、小鳥さんが遊びに来てくれていたんだけど、その時ボンッ!! と大きな音が。僕も小鳥さんもビックリ。

急いでお外を見たら、小さいお家からモクモク白い煙《けむり》が出ていたんだ。だから僕も小鳥さんも、またまたビックリ。そのままモクモクお家を見ていたら、パパやお家で働いている人達がモクモクお家に集まって。

そうしたらモクモクお家の中から、真っ白な人が出てきたの。最初、誰？ って思ったんだけど、よく見たらママでした。髪の毛もお顔も、お洋服も真っ白だったから、すぐにママって分からなかったんだ。

そのあと少しして、モクモク煙は止まって、パパ達が戻ってきた時に、やっぱり家を別に作っておいてよかったって言ってね。あとでパパに聞いたら、モクモク煙の小さなお家は、ママが薬を作る専用のお家って教えてもらったんだ。

前は僕達がいつもいるお家で薬を作っていたママ。ママの薬はとってもよく効くから、たくさんの人に頼まれて薬を作っていて。

だけどママ、薬は凄いのに、作るのは苦手だったんだよ。薬ができるまでにいっぱい失敗しちゃって、お部屋の中がメチャクチャになるの。

ただ、メチャクチャになるだけなら、まだよかったんだ。お片付けすればいいだけだから。ママは、メチャクチャにするだけじゃなくて、なんと時々爆発させちゃうの。ボンッ!! って。

そのせいでお部屋は壊れちゃうし、隣のお部屋までボロボロに。

それで何回もお家を直して大変だったから、パパが大きなお家の隣に小さなお家を作ったんだ。大きなお家を直すのは大変だけど、小さなお家を直すのはすぐ。それに家のことを考えずに、薬だけに集中して調合《ちょうごう》した方が、良い薬ができるはずだって。

それからママは、小さなお家で薬を作っています。僕は最初から途中までお手伝い。お水を運んできたり、僕でも違いが分かる薬草を種類ごとに分けたり。薬を作る時は、僕は大きなお家か、畑で遊んでいるんだ。爆発したら大変だから。

「ママ〜、おみずもってきた!!」

「じゃあ、この入れ物とこの入れ物に、少しずつお水を入れてくれるかしら。それからこの2種類の草と、あとこのお花を、あの袋の中から3つずつ探して持ってきてくれる？」

「うん!!」

お部屋の端っこに置いてあった大きな袋の中から、2種類の草と1種類の花を探します。でも袋を開けた途端。

「くしゃあぁぁぁ!!」

「あっ、そうだったわ。今回のものはあの泥がついているんだったわ。アルフ離れて！」

急いで袋から離れます。それからママが袋から草と花を鷲掴《わしづか》みにして、袋は閉じたら別の場所へ。ガチャガチャ、シュウシュウ音がして、ママが草と花を持って戻ってきました。

「も、だいじょぶ？」

「ええ、もう大丈夫よ。ビックリしたでしょう？　ごめんなさいね」

「くしゃくしゃだったぁ」

「そうね。でもこればかりは、どうしようもないのよね。本当困るわよ」

「ママ、きれいにしてから、もってこなかった？」

「全部そうだったから、まとめて家で綺麗にしようと思っていて、忘れていたのよ」

「おそとで、きれいのほうがいい」

「そうね。次からは気をつけるわ。あっ、それと。ちょうど今お外はあの泥が多い時だから、気をつけて。もしお家の近くにあったら、パパかママに教えてね」

「うん。くしゃいの、ダメダメだもんね」

なんで僕とママが臭《くさ》い臭いって言っているか。それは、特別な泥が草と花についていたからです。袋を開けた途端、その泥が臭すぎて、だからすぐに逃げたんだよ。

ママは息を止めて、草と花を取り出します。袋を開けたままだと、お部屋の中が臭くて大変なことになっちゃうから、我慢《がまん》しながら袋をしっかりと縛りました。

そして臭い草と花を持って、別の部屋に。お部屋にはその臭《にお》いを取る、特別なお水が置いてあるんだ。それで草と花を洗って、風魔法で乾かして戻ってきたの。

泥はもちろん普通の泥じゃないよ。ある虫さんには大切な泥なんだけど、僕達や鼻が人よりもとってもいい魔獣さん達には、ちょっと。ううん、とっても迷惑な泥なんだ。

お外が暖かくなってくると、とっても可愛い、僕の指先くらいの芋虫さんが、土の中から出てきます。寒い季節は土の中で眠っているんだ。それで暖かくなってきたら外に出てきて、いっぱいご飯を食べたあと、とっても可愛い蝶々になるの。

でも、その芋虫さんのご飯が問題なんだ。その芋虫さんのご飯は特別で、葉っぱも食べるん

だけど、なんと泥も食べるんだよ。

泥の中には芋虫さんが蝶になるための、大切な栄養がいっぱい。その泥を食べると、とって

も大きなとっても可愛い蝶々になれるの。

ただその泥を作る方法が……。泥と、どこからか持ってきた、魔獣さんが食べ残した腐った

お肉に魚に果物。最後に芋虫さんの自分のフン!!　泥以外は全部臭いものばっかり。

芋虫さんは凄いんだよ。この前グーちゃん達が作ってくれた泥の広さくらいに、この臭いも

のをいっぱい集めてくるんだ。　僕の指先くらいの大きさの芋虫さんなのに。

それで集めてきたものを全部混ぜて、最後に自分のフンを混ぜます。そうすると芋虫さんの

フンが色々なものを溶かして、1日経つと、とっても臭い泥の出来上がり。

その泥がちょっと臭いんじゃなくて、とっても、とぉ〜っても臭いの。もしもこの泥が、洋

服についたり手についたりしたら。ママがさっき使った特別な水を使わないと、1週間くらい

臭いが取れなくなっちゃって、ママはそれで大切なお洋服を何枚もダメにしたって。

嫌がっているのは僕達だけじゃありません。鼻がとってもいい魔獣さん達は、僕達よりもっ

と、この泥の臭いがダメダメです。とっても怖い危険な魔獣さんも、全部じゃないけど避けて

124

通るくらい。

だから冒険者さんとか商人さんは、危ない場所へ行ったり、通ったりする時は、わざとこの臭いをさせて進むみたい。自分も臭くて大変だけど。

そんなみんながダメダメな泥を、芋虫さんは大好きだから、どんどん食べていって、どんどん栄養をとって、そして綺麗な蝶々に。

だけど芋虫さん、蝶々になるのはいいんだけど、くさ〜い泥をそのままにして飛んでいっちゃうんだ。しかも蝶になるまで、ずっと食べて、ずっと泥を作っているから、泥はあんまり減っていなくて。

臭いを消すには、自然に消えるのを何カ月も待つか、ママが使った特別な水を泥にどんどん混ぜていって、どんどん薄くしていくしかないの。

だから暖かくなってきた今の季節は、足元に気をつけて歩かないとダメ。あっちにもこっちにも、本当にいっぱいあるんだ。

しかも泥同士の匂いが混ざっちゃうと、どこに泥があるかハッキリ分からなくなって、間違った方へ進んじゃって、泥の中に入っちゃうことも。そんなことになったら大変。だからしっかり確認しないといけないんだ。

「ほんとに、も、だいじょぶ？」

僕は一歩一歩、そっとそっとママに近づきます。

「大丈夫よ、しっかり洗ったから。さぁ、この中からさっき頼んだ、草2種類とお花を探してくれるかしら。ママ、まとめて慌てて掴んじゃったから、他の草や花も混ざっているわ」

僕はママのお話を聞きながら、クンクン、フンフン、草と花の匂いを嗅《か》ぎます。

「ね、大丈夫でしょう？」

なんかまだ臭い気がする。気のせい？

「いやねぇ、そんな顔しちゃって。さぁ、分けてね。ママは準備の続きをやるわ」

ママがテーブルに草と花を置いて、僕を椅子に乗せてくれて、僕は椅子の上に立ちます。周りには落ちても大丈夫なように、クッションが敷いてあるから、立っても大丈夫。

「これはちがうくさ、これはつかうくさ。クンクン、くさくない」

「草と花を探すのに、匂いチェックまで入っちゃったわね。それにしても、あの袋はあの泥用で外に臭いが出ないようになっているけれど、洗うのが難しいのよね。使い捨てになるからストック分も含めて、今度買いに行かないと」

「ママ、これくさい!!」

「え？　まさかそんな……、本当ね」

「ママ、これダメ!!」

そのあとまた洗ったママ。

「どう？　今度こそ臭いは取れたかしら」

「クンクン、フンフン、……だいじょぶ!!」

「そう、よかったわ。じゃあ、こっちの草と花は？」

「クンクン、フンフン、……だいじょぶ!!」

「はぁ、これで次の作業ができるわね」

部屋に戻る僕とママと小鳥さん達。さっきまた、臭い草と花に気づいた僕。草を触っちゃって、僕の手まで臭くなっちゃって、急いで特別なお水が置いてあるお部屋へ移動。一生懸命に僕の手と草とお花を洗ったママ。3回洗ったよ。

洗ったあと、僕は窓から小鳥さん達を呼びました。僕が呼ぶと、いつも何羽か飛んできてくれるんだ。今日もすぐに来てくれたよ。

それで僕の手の匂いと、草と花の匂いを嗅いでもらったら、小鳥さん達はとっても嫌そうな顔になりました。それから翼で顔を覆《おお》って、くさっ!!　って仕草をしたんだ。だからもう1回洗ってもらった僕。それでやっと臭いはなくなりました。

「アルフはよく臭いが分かったわね。小鳥さんは気づくでしょうけど。ママ、ぜんぜん分からなかったわ」

「くしゃかった。ママ、わからない？」

「そうね、ママは分からなかったわ。アルフは匂いに敏感なのかしらね」

あんなに臭いのに、どうしてママは分からないのかな？　部屋に戻ってからは、小鳥さん達と一緒に草と花を分けて、ママは使わない草と花を、別の入れ物に入れたよ。

草と花を分けたあとは、薬を作る時に必要な道具を用意しました。道具は地球のガラスみたいなもので作ってあるんだ。魔獣さんの何か？　を使って、作られているんだって。その魔獣さんはお家にはいないみたい。

割れるといけないから道具はママが準備。他の木でできている道具は、僕と小鳥さん達で用意しました。

「さぁ、これで準備はいいかしら。お手伝いしてくれてありがとう。あとは畑で待っていて」

「うん!!」

「そうね、ホクホクとニニンを掘ってね。籠がいっぱいになったら、遊んで待っていていいから」

「ホクホク!!　ニニン……」

「ふふ、今日のあなたのご飯にニニンは出ないわよ。それは明日モルーのところへ持っていってあげるニニンよ」

よかったぁ。夜のご飯にニニンは出ないって。モルーはモルモットに似ている魔獣で、ウサみたいに小さいんだ。赤ちゃんモルーは僕の手のひらの半分くらいだよ。

「それからニニンの葉っぱを小鳥さん達にあげてね。お手伝いしてもらったお礼よ」

『『ピピピッ!!』』

すぐに畑に移動した僕と小鳥さん達。畑の近くに道具をしまってある小さな小屋があって。そこから僕用の小さな籠と、僕用の小さなスコップを持って、小鳥さん達が待っている場所へ。

最初のホクホクから掘ることにしました。

ホクホクはジャガイモと似ていているお芋です。蒸《む》したホクホクに、ウシシのミルクから作ったチーズをかけて食べると、とっても美味しいんだぁ。

「ホクホクからほります!! おてつだい、おねがいします!!」

『『ピピピッ!!』』

最初に僕がスコップで土を掘ります。ホクホクは土の結構深い場所にできているから、最初は勢いよく土を掘るよ。

でも根っこが見えたら、そこからはそっとそっと。じゃないとホクホクにスコップが当たって、ホクホクの皮が剥《は》がれちゃうから。

「よいしょ、よいしょ、ほっ！　はっ!!」

『ピッピ!!』

『ピピッピ!!』

僕が声を出すと小鳥さんが僕を真似《まね》して、鳴いて応援してくれます。

「ほっ！　はっ！」

『ピッピ!!』

『ピピッピ!!』

「ほっ!!　あっ、ねっこ!!」

根っこが見えて、そこからはゆっくりゆっくり。

「そ〜と、そっと」

『ピ〜ピ、ピッピ』

「ゆっくり、ゆ〜くり」

『ピピピ、ピ〜ピ』

「ゆっくり……、ホクホクはっけん!!」

『『ピピピッ!!』』

「いまからぼくがとるから、みんなツルをもってね！」

『ピピッ!!』

僕はそこからスコップを使わずに、もっともっと静かに手で掘っていって、ツルが見えたからそれを引っ張りました。そうしたら3個のホクホクが、ツルについてきたよ。

「じゃ、おねがいします!!」

『ピッ!!』

1匹の小鳥さんが前に出てきて、僕からホクホクのついているツルをクチバシで受け取ると。そのままちょっと横に移動して、顔を振ります。そうすると少しずつ、ホクホクから土が取れ始めました。土はサラサラしているから、ちょっと振ると取れるんだよ。

「じゃ、つぎほります!!」

僕もすぐ横に移動。

「ほっ！　はっ！」

『ピッピ!!』

『ピピッピ!!』

「そ〜と、そっと」

『ピ〜ピ、ピッピ』

「ゆっくり、ゆ〜くり」

『ピピピ、ピ〜ピ』

「ホクホクはっけん‼　つぎ、おねがいします‼」

『ピピ‼』

そのあともホクホクを掘った僕。籠に入れたらいっぱいになるかな？　っていうくらい掘ったら、掘るのは終わり。みんなでホクホクの土を綺麗に取ったら、籠にホクホクを入れます。小屋の中にホクホクをしまっておく箱があるから、そこまで運んで、箱にホクホクを入れたら終わりです。次はニニンの方へ。

「う〜ん、どれほろうかなぁ。ぼくは、どれでもいいけどぉ。まじゅうさんたちのごはんは、おいしいニニン？　がいいよねぇ」

『『『ピピピッ‼』』』

「ほんと？　じゃことりさんたちは、じぶんでえらぶ？」

『『『ピピピッ‼』』』

小鳥さん達は今ね、ニニン好きだけど、葉っぱの方が好き、って言ったの。それで僕が自分達で選ぶ？　って聞いたら、うん、選ぶ‼　って。たぶん。

「じゃあ、みんなでそれぞれえらぼう‼」

『『『ピピピィッ‼』』』

ニニンは葉っぱがいっぱいで、葉っぱの根元を探すのがちょっと大変。時々間違えて、葉っぱの根元を引っ張っていると思ったら、葉っぱだけを引っ張っちゃっているの。

「どれにしようかなぁ？」

ママは前に、モルー達は、葉っぱの上の方が少し黄色くなっているニニンが好き、って言っていました。あとは、緑がぜんぜんない、全部が黄色の葉っぱのニニンが好きって。

ニニンの葉っぱは、みんなそれぞれ違うんだ。あっちのニニンの葉っぱは赤黄色だし、こっちは濃い緑一色。全部違うんだよ。ニニンそのものはみんな同じだけど。

「あっ‼　これがいいかも‼」

上のところが黄色い葉っぱを発見‼　これならモルー達、喜んでくれるかも‼　ちーちゃん、いっぱい食べられるようになったかな？　僕の掘ったニニン、食べてくれるといいなぁ。

ちーちゃんは、モルーの中で一番小さい赤ちゃんモルーです。僕はちーちゃんのお兄ちゃんと仲良しなの。それでお兄ちゃんモルーが赤ちゃんモルーのことを、ちーちゃんって呼んでいたんだ。だから僕もちーちゃんって呼んでいます。

「しっぱいしないように、しっかりとねもとさがす‼」

こっちの葉っぱをどかして、この葉っぱはこっち。あれはそっちで、これはそっち。あっ‼ここが根元かな？　大丈夫？　間違ってない？　ちゃんと確認。

小鳥さん達だけじゃなくて、他の魔獣さん達も葉っぱを食べるから。魔獣さん達にはちぎれ

先頭にいた小鳥さんに葉っぱを渡します。どんどん渡していって、配り終わったら、みんなが葉っぱをつつき始めました。

みんなが葉っぱを食べている間に、僕は他の葉っぱを折ってまとめておきます。あとでママにツルで縛ってもらうの。

みんなが葉っぱを食べたあとは、みんなで、畑の中でかくれんぼをして遊びました。とっても楽しかったです。そして夕方前、僕達のところにお仕事が終わったママが来たよ。

ママに葉っぱの束を見せると、ささっとニニンの葉っぱをツルで縛ってくれました。その葉っぱの束を、小鳥さん達がみんなで掴んで、少しだけ飛びます。

「また、あそぼ!!」

『『『ピピピ！　ピピピピピ、ピピピィー!!』』』

葉っぱありがとう、みんなで食べるよ、また遊ぼうね!!　って返事をしてくれて、ちょっとフラフラしているけど、いつも小鳥さん達がいっぱいいる場所の方へ飛んでいったよ。

明日は僕の引っこ抜いたニニン、モルーにあげるの。みんな喜んでくれるかなぁ。


「あのねぇ、ことりさんと、ホクホクとニニンをとったの!!」

「そうかそうか。じゃあ明日はそれを持って、モルーのところへ行こうな。それから次の日はシップの小屋の掃除だ」

「うん!!」

帰ってきたパパと夜のご飯を食べて、それからソファーでゴロゴロしながら、小鳥さん達のお話をした僕。明日はしっかりとニンを持っていかなくちゃ。それから明後日は、シップの小屋のお掃除だって。

シップは羊《ひつじ》さんに似ている魔獣で、毛がモコモコでとっても気持ちがいいんだ。時々毛を刈って、お店に持っていったり、僕のお家のクッションの中に入れたり、いろんなことに使うよ。あと、シップの毛はモコモコばっかりじゃなくて、サラサラ～って、毛がサラサラのシップもいるんだ。サラサラの毛を刈ったら、こっちは糸にするの。

この糸で作ったお洋服は、暑い日はサッパリ、寒い日はポカポカの不思議な洋服になるよ。他にも帽子とか靴にも使われるし、なんでも作れちゃう凄い糸です。

「さぁ、アルフ、そろそろ寝ましょうね」

「うん!!」

僕は寝る準備をして、ママと一緒に自分の部屋に。それでベッドに入ると、ママが絵本を持ってきてくれます。ママはいつも僕が寝る時、絵本を読んでくれるんだ。

「……こうしてドラゴンは、たくさんの子供達とお友達になりました。おしまい」

「ねぇ、ママ」

「なぁに？」

「ママはドラゴンさんにあったことある？」

「２回会ったことがあるわよ」

「すごい!!　えほんみたいに、おともだちになった？　おはなしいっぱいしたぁ？」

「お友達にはなれなかったわね。すぐにどこかへ飛んでいってしまったから」

「そか。おともだちになれたらよかったのにね」

「そうね。ママはなれなかったけど、アルフはいつかお友達になれるかもしれないわよ」

「ドラゴンさんにあいたいなぁ」

「さぁ、もう寝なさい。明日はモルーのところへ、忘れずにニンを持っていかないとね」

「うん!!」

ママにおやすみなさいを言って、僕は目を瞑《つむ》りました。ママが部屋から出ていく音がして、部屋の中がし～んとなります。僕はモルーのことを考えながら、すぐに寝ちゃいました。


「もう寝たのか？」

「ええ。様子を見ていたけれどすぐに。ドラゴンかモルーのことでも考えながら、寝たんじゃないかしら」

「ドラゴン？」

「今日はドラゴンの絵本を読んであげたのよ。それで私にドラゴンのお友達はいるかって。それでいつかドラゴンに会いたいと」

「ハハハッ、君にドラゴンのお友達か。ぶっ飛ばして使いっ走りにしたドラゴンはいた……」

「あなた？　私が何か？」

「い、いや別になんでも。さぁ、俺ももう1回風呂に入って寝るかな」

「もう！」

＊＊＊＊＊

『まずいな、誰も気づいてくれない』

『だが、今やれるのは、呼び続けることだけだ』

『あとはあの穴を、もう少し広げることができれば』

『顔さえ入ってしまえば、そのあと噛むのは楽なんだが』

『確かに楽にはなるが、すぐに削《けず》れるかといえば』

『そうなんだよな。小屋のあの部分には、丈夫に建てるために、オーリオと普通の木が交互に使われているからな』

オーリオとはとても硬い木で、俺達でも齧《かじ》るのがとても大変なんだ。この魔獣園の小屋は、土台をしっかりさせるために、小屋の下はオーリオを交互に使い、建てられている。

今回穴が開いていたのは普通の木の部分で、子供達が通れる幅しかなく、俺達が通るには、もっと幅を広げなくてはいけないのだが。

何しろオーリオを削らないといけないから、顔がまだ半分も穴に入らないでいた。今、交代で、みんなで頑張って穴を広げているのだが。

それと同時に、俺達は人間や魔獣達に助けを求めている。だが、子供達がいなくなってからずっと助けを求めているが、今のところ気づいてくれた者達はいない。

俺達の声はとても小さいとよく言われる。俺達はそうは思わないし、なんなら今だって、できる限りの声で外へ助けを求めている。しかし。

前に大声で隣の小屋にいるファイヤーホースに声をかけたが、なぜか気づいてもらえず。アルフに抱いてもらって、かなり側に行って話しかけると、やっと気づいてもらえた。

そして、どうして無視したのかと聞いたら、ただ単に俺達の声が小さくて聞こえなかっただけだと。信じられず、それからも会う機会のあった魔獣達に聞いてみると、皆同じ答えで。そんなに俺達の声は小さいのかと、ショックを受けたくらいだ。

それほど俺達の声は外に届きにくい。だからといって、助けを呼ばないなど、そんなことはありえない。

『今は、できる限りのことを。もしかしたら明日、アルフが来てくれるかもしれない。もし来てくれなくても、小鳥が来てくれたら、小鳥からアルフに伝えてもらうことができるはずだ』

『ああ、アルフは俺達の言うことを、よく分かってくれるからな』

『じゃあ、俺は向こうを手伝ってくる』

『俺達は引き続き助けを呼ぶぞ」

どうか、皆無事でいてくれ!!

4章　事件発生!!　モルー捜索大作戦!!

「アルフ、朝よ。今日はモルーのところへニニンを届けるんでしょう？」

「うん……、おはよごじゃましゅ」

「あなた、アルフの顔を洗ってあげて。私は朝ご飯の続きを」

「分かった。さぁ。アルフこっちだ」

いっぱい寝たのに、なんかねむねむで。パパに1階まで抱っこして連れていってもらいました。それから歯を磨《みが》いて、冷たいお水で顔を洗ってもらったら、やっと目が覚めてきて。ママの美味しいご飯の匂いを嗅いだら、完璧に目が覚めたよ。

「今日の朝ご飯は、シチューとパンよ。お昼はどうする？」

「そうだな。モルーの小屋からシップの小屋へ行くからな」

「じゃあ、その場で食べられるように、サンドイッチを作るわ。まだ時間は大丈夫？」

「ああ、まだ1時間くらいある。今日はライアンも行く予定で、あいつが準備をしてくれるんだ」

「なら、ライアンの分も作るわね。それと夜のご飯は、昨日アルフが掘ってくれたホクホクを使った料理にする予定よ」

「やたぁ!!」

朝のご飯をささっと終わらせたママは、お昼ご飯のサンドイッチを作りに台所に。僕とパパは持っていくニニンを採りに畑へ。それから他のものも準備してお家に戻ったら、サンドイッチが出来上がっていました。

僕のサンドイッチは、僕専用のお弁当箱に入れてもらって、僕用の首から下げるカバンに入れたよ。それから、もしかしたら昨日みたいに使うかもしれないから、スコップや道具もカバンに入れて。その時、外からパパを呼ぶ声が。

「隊長!!」

「お、来たな。今行く!!　さぁ、アルフ出発だ」

「ママ、いってきます!!」

「行ってらっしゃい。勝手にどこかへ行ってはダメよ」

「うん!!」

外に出ると、ライアンおじさんが荷馬車に乗って待っていました。

「ライアンおじさん、おはよございます!!」

「おう、おはよう。それとアルフ、俺はお兄さんだって言ってるだろう」

「どう見てもおじさんだろう」

「いいや、俺はなんと言われようとお兄さんなんだ」

「お前、それいつまで言うつもりだ？」

「あと数年は」

「はぁ。アルフ、ライアンはライアンおじさんでいいぞ」

パパに荷馬車に乗せてもらって、今日忘れちゃいけないニニンの入っている籠を載せて。最後に他の荷物を持ったパパが乗ったら、モルーの小屋に出発です。

モルーの小屋まではちょっと遠いんだ。昨日遊びに行ったシマウの小屋よりも、もう少し遠い場所にあるの。

「あっ！　シマウ!!　お～い!!」

昨日遊んだシマウの小屋に到着。もう小屋から出て、柵の中で遊んでいるみんなに手を振ります。そうしたらみんな返事してくれたよ。今日も遊ぶの？　って聞かれたから、今日はモルーとって言いました。また今度ね。

みんなに見送られながら、馬車は進んでいきます。でも、その途中でした。

『ママ……、ママ……』

『ほら、ご飯を食べて、これは……』

僕はバッ!!　と横を見ます。また声？　あれ、ここって昨日僕が声を聞いた場所？　あのね、また声が聞こえた気がしたんだ。

「アルフ、どうした？」

「ん～、なんでもない？」

「そうか？」

う～ん、昨日シマウ達がみんなで聞こえるか確認してくれて、誰も聞こえないって言ったもんね。やっぱり僕の気のせい？　でもなんでここに来ると、声が聞こえる気がするんだろう？

不思議に思いながら、シマウ達に手を振って前を通りすぎたよ。そしてモルーの小屋へ到着です!!

先にパパが降りて、そのあとに僕。荷物を下ろすから、待っていなさいって、パパに言われたから。僕はファイヤーホースを見ていてもいいか聞きました。モルーの小屋の隣は、ファイヤーホースっていう魔獣さんの小屋なんだ。

モルーとはこれから遊べると思って、だから見ていてもいいか聞いたの。それでいいって言われたから、僕はファイヤーホースのところへ。

歩きながら、チラッとモルーの小屋の方を見ます。あれ？　いつもモルー達は僕が来ると、小屋の縁《ふち》に集まってきて、僕を見に来るのに。今日はいない？

大人は見に来ない時もあるけど、でもちーちゃんとお兄ちゃんモルー、それから小さい子はみんな、必ず見に来るのに。

ちょっと変に思いながら、僕はファイヤーホースの方へ行きました。ファイヤーホースはお馬さんに似ている魔獣で、鬣《たてがみ》から炎がモワモワって出ているんだよ。

でも不思議な炎で、近づいても熱くないし、触っても大丈夫なの。図鑑で見たら、攻撃する時やイライラしている時、敵や嫌いな人の前だと、とっても熱くなって、炎で攻撃するんだって。でも自分は炎で怪我したりしないんだよ。

「ホーさ～ん!!」

僕ね、まだ上手くファとかフォとか言うの苦手。だから今はホーさんって言っているんだ。他の同じようなホース達もホーさんね。ええと、ファイヤーホース、アイスホース、ウインドホース、それからそれから……。いっぱい!! まだ全部覚えてないです。

「おはよございます!!」

『『『ヒヒヒ～ン!!』』』

「みんなげんき？」

『『『ヒヒヒン!!』』』

「そか!!」

みんな元気だって。僕も元気!!

「あのねぇ、きょうはぁ、モルーのところにきたの。ぼくがほった、ニニンをもってきたんだよ」

『ヒヒヒン？』

「あ、ごめんね。みんなのぶんは、ないんだぁ。こんどほったのをもってくるね」

『『『ヒヒンッ!!』』』

僕達のは？　って聞かれたんだ。僕がホーさん達のニニンを用意するのは大変。小鳥さんがお手伝いしてくれても、ぜんぜん足りない。

だから今度、別の大きな畑に行った時に、パパ達のお手伝いをして、みんなにニニンを持ってこようと思って。それで今度持ってくるって言ったら、みんなが分かったって。

ホーさん達と話をしながら僕はチラチラ、モルー達の小屋を見ます。う～ん、やっぱりみんないない。どうしたんだろう？

『ヒヒン？』

「あのねぇ、おにいちゃんモルーとちーちゃんがいないんだ」

『ヒヒヒン』

「いつもみんなあつまってくれるのに、へんだよねぇ」

『………ヒヒン』

どこ見ているんだって聞かれたから、ちーちゃん達がいないって言ったら、そういえばって。それから最後に、確かに変だなって言ったんだよ。たぶん。

「アルフ!! 準備ができたぞ!!」

お話をしていたら呼ばれたから、ホーさん達にバイバイをしてパパのところへ。僕は自分で掘ったニニンを持って、モルー達の小屋のところに行ったよ。それで中に入ったんだけど。

いつもは僕が小屋に入ると、すぐに寄ってくるみんな。でも今日は誰も僕の方へ来ませんでした。それでね、お父さんお母さんモルー達が、向こうの方に集まって何かしていたよ。

「なんだ？ いつもはアルフが来ると、すぐに集まってくるのに」

「それにあそこで集まって、みんな何をしているんだ？」

パパ達もおかしいと思ったみたい。持ってきた荷物を置いて、とりあえず行ってみることにします。僕もニニンを置いて、パパ達と一緒にみんなのところへ行ったよ。

それでみんなの後ろに立ったんだけど、誰も僕達の方を見ません。パパとライアンおじさんのお顔が、ちょっと怖い顔になりました。

「おい」

ライアンおじさんがモルー達に声をかけます。それでも誰も振り返らなくて、次はパパが少し大きな声でみんなに声をかけました。

「おい‼　どうしたんだ‼」

その途端、モルー達が全員一緒に飛び上がったよ。それから一斉に僕達を見たモルー達。ライアンおじさんを見て、パパを見て、最後に僕を見て。

僕を見た瞬間、みんなが僕に集まってきて、僕の足にくっついたり、お尻にぶら下がったり、洋服にしがみついたり、肩に乗ったり。僕はモルーだらけになっちゃいました。それにね、みんなが色々言ってくるの。

『チュチュ‼』

『チュチュッチュ‼』

えと、俺の息子が？　みんな穴から？　ぜんぜん広くならない？　他にも、かなり時間が経っているとか、誰にも声が届かなかったとか。それで最後にお母さんモルーが、私の可愛い子が可愛い子が‼　って言ったんだ。たぶん。

みんなどうしたの？　そんなにいっぱい一気にお話しされたら、僕分からないよ。僕が困っている間に、パパとライアンおじさんがモルーを取ってくれました。

ふぅって息を吐いた僕。それで一番近くにいるモルーに、もう1回お話を聞こうとしたら。

「おい……、隊長、あれを見ろ！」

「なんだ？　どうしたんだ……って、なんだあの穴⁉」

パパとライアンおじさんが、さっきまでモルー達が集まっていた場所へ。気になった僕も、一番近くにいたモルーを手に乗せて、お話ししながらパパ達の方へ。

「どうしたの？」

『チュチュ!!　チュチュチュ!!』

今のは、大変なんだ!!　俺達の子供達が!!　って。たぶん。子供？　僕は話を聞きながら、パパとライアンさんの間に首を突っ込んで、それからなんとかモルーを乗っけている手も出して、モルー達が見ていたところを見ました。そうしたら……。

「あなっ!!」

小屋の下のところに、小さな穴が開いていたんだ。それから齧った跡もついていたよ。

「なんでこんな穴が。普通の木の板が腐ったか？」

「それでみんなで外に出ようと思って、オーリオを無理やり齧って穴を大きくしようとした？」

『チュチュッ!!』

「……え？」

『チュチュチュ!!　チュッキィー!!　チュチュチュ、チュチュウゥゥゥ!!』

え？　え？　え？　た、大変!?

「今までモルー達は逃げようとしたことが？」

「いや、一度も。だが穴を見つけて、出られると思って……」

『チュチュチュッ!!　チュッキィー、チュチュチュッチュウ!!』

わわわ、そんなに前からなの!?　大変だ、大変だ!!

「早くここを塞《ふさ》がないと」

「そうだな、それに外に出たいと言うのなら、俺達も準備して外の世界へ戻してやろう」

パパ、違うよ!!　大変なんだよ!!　僕はパパを呼んで教えようとします。

「ぱぱ!!　ちがう!!」

「じゃあ、とりあえず木を持ってきて、応急処置をしてから……」

「パーパーッ!!」

「なんだアルフ、ちょっと今、パパ達は忙しいんだ。話ならあとに……」

「パパ、ちがう!!　パパまちがいだよ!!　あなからでたけど、あなからでられなくて、みんなでいっしょうけんめい、あなからでようとしたの!!」

「は？　なんだって？　アルフ、何を言っているんだ？　パパ達は忙しいから……」

「だから、パパまちがいだよ!!　あなからでたけど、あなからでられなくて、みんなでいっしょうけんめい、あなからでようとしたの!!」

「だから、何を言っていると……」

「隊長、待ってください。もしかすると、この穴について何か言いたいことがあるんじゃ？

アルフ、ゆっくり話してくれ。慌てずにゆっくりだ」

ゆっくり？　ダメダメ、大変で、急いでお話ししなくちゃいけないんだよ。

「えとえと、あなからでたけど、あなからでられなくて……」

「あ〜、俺の聞き方が間違ってたな。１つずつ聞いていくから、それに答えてくれ。いいか？

まず穴から出たけどって、穴から誰かが出たのか？」

「あなからおにいちゃんモルーと、ちーちゃんと、それからちいさいモルーがでちゃったって!!」

「なんだって!?　それはいつのことだ!!　それで出ていけないっていうのは……」

「隊長、その聞き方じゃあまた話が進まなくなるから、少し静かにしててくれ」

「むっ、わ、分かった」

「それで、いつ出ていったか分かるか？」

「えと、えと、きょうじゃなくてきのう？　１にちまえ」

「なるほどな……。出ていったのは、間違いないのか？」

ライアンおじさんの質問に、聞いた話を思い出しながら話します。でもさっき聞いていないこともあって、それはその場でお父さんモルーに聞きながら答えました。

「そうか、それでみんなであの穴の周りに。で、俺達が来たことに気づかなかったと」

お父さんモルー達の話は、とっても大変なことでした。お兄ちゃんモルーとちーちゃん、それから他の子モルーが何匹か、いないことに気づいたお父さんモルー達。急いで小屋の中を探したんだけどいなくて、探している最中にこの穴を見つけました。いつから開いていたか分からない穴。とっても小さい穴だから、大人モルーは通れないんだけど、子モルー達は小さいから、この穴から出たんじゃないかって。

それにね、一番お兄ちゃんモルーの毛が穴についていたの。だから一番お兄ちゃんモルーは穴から出て、いない子モルー達もついていったんじゃないかって。

そう確信したお父さんモルー達は、外に助けを求めました。だけどモルー達はとっても声が小さいから、他の魔獣さん達や、魔獣園で働いている人達に声が届かなくて。でも今まで頑張って助けを呼んでいたんだよ。

それから自分達でもできることをって、なんとか穴を広げて外へ出て、子モルー達を探しに行こうとしました。だからずっと穴を齧って広げていたみたいです。

だけど小屋の木は、とっても硬いオーリオの木で、なかなか穴は広がりませんでした。

でも今さっき、少しだけ穴が広がったんだ。それでみんな嬉しくて周りに集まって、もっと穴が開くように、木を齧っているモルーをみんなで応援していたの。だからそっちに集中していて、僕達がここに来たことに気づきませんでした。

「まさか、そんなことが。だがしかし、アルフの話だからな。本当にモルー達がそう言っているかは」

「パパ!! ほんと!! ちーちゃんたちいなくなった!! はやくさがさないとダメ!!」

「しかし……」

「ほんとにいなくなったの!! はやくさがす!!」

「隊長、モルー達がいないのは確かだ。他から魔獣が侵入した形跡もないし。もし入られていたとしても、子供達が襲われたとしても、毛も血も何も痕跡《こんせき》がないのは」

「確かにそうだな。少しの痕跡もないからな」

「それに、隊長はほぼ毎日見てるだろう、アルフが魔獣達と話している姿を。アルフは『たぶん』と言っているが、アルフは、本当に魔獣達と話しているように見える」

「……」

「もちろん言葉が分かるなんて、そんなことはないと思うけどな。ただアルフの魔獣達との距離は、俺達とはぜんぜん違うだろう？ やたらと魔獣に愛されている。魔獣達と生活するうちに、少しの表情や仕草の変化で、魔獣達が何を言いたいか感じ取っているんじゃないかって、そう思うんだ」

パパ達のお話が止まりません。僕もモルー達もドキドキしてパパ達を待っているよ。早く探さないといけないけど、パパ達がちゃんと分かってくれて、みんなで探してもらわなきゃ。だって探してくれる人が多い方が、早くちーちゃん達が見つかるかも。もちろんパパが探さなくても僕は探すよ。

「もしもアルフの言っていることが本当だったら、今から探せば、間に合うかもしれないぞ」

「……そうだな。いつもアルフは、魔獣の話をしているからな。この前のコケコのこともあるし、普段の魔獣達のアルフに対する行動もあるしな。ここの穴から子供達が出ていってしまったと考えて動いた方がいいだろう。よし!!」

よかった!!　パパ達がちーちゃん達を探してくれるみたい。モルー達もちょっとだけ安心した顔になったよ。お兄ちゃんモルー、ちーちゃん、他の子モルー、待っていてね!!　すぐに探してあげるからね。それでみんなで帰ってこようね!!

パパ達が探してくれるって決まって、ライアンおじさんが他の人に知らせに行ってくれました。広い広い魔獣園の中を探すから、人がいっぱいいないとダメダメだもんね。

それから魔獣さんにもお手伝いしてもらいます。ダイアーウルフっていう、狼さんに似ている魔獣さん達と、ブラックタイガーっていう、虎さんに似ている魔獣さんです。

どっちの魔獣さんも、他の魔獣さん達より匂いを嗅ぐのがとっても得意で、どんなに匂いが薄くても、探し物を見つけられるの。

パパはよく魔獣園で落とし物をしたり、忘れ物をしたりして、よく物がどっかに行っちゃうんだ。その時は、ダイアーウルフとブラックタイガーにお願いして探してもらうの。ダメダメなパパです、いつもママに怒られています。

みんなが集まるまで、パパはモルー捜索の準備。僕はパパの邪魔にならないように、小屋の端っこに寄って、モルー達と穴を見ていました。

『チュチュ……』

「だいじょぶ!! パパたちが、ぜったいにみつけてくれる!!」

『チュチュチュ?』

「うん!! ぼくもいっぱいさがすからね!!」

『チュチュ、チュッチュウ』

「そだね、グルグルしてるかも」

『チュッキィー、チュチュチュ』

「うん、ちいさくグルグル、おっきくグルグル」

モルー達は、みんなどこにいるんだ、無事かな? って。それから、僕も探してくれるの?

って。最後は、グルグル回っているかも、狭《せま》い場所をグルグルしているかもしれないし、広い場所をグルグルしているかも、って。

そんなお話をしていたら、どんどん人が集まってきました。そして最後にブルーノおじいちゃんの荷馬車に乗って、ライアンおじさんと他の人達が到着。

集まった人達に、急いでパパが説明をします。説明が終わると、誰がどの場所を探すのかのお話し合い。

まず、魔獣園で働き出したばかりの人達は、魔獣園の中をまだ全部覚えていないし、決まった場所でしかお仕事をしていないから、その場所を探してもらうことに。

他の人達は、魔獣園をしっかり分かっているから、中でも自分が慣れている場所を探してもらうって。どこでもいい人は、パパがささっとグループに分けたよ。

それからダイアーウルフさん達と、ブラックタイガーさん達は、それぞれのグループに数頭ずつ分かれて、一緒に探してくれます。

「皆、捜索のための道具を用意しておいた。各自ここから必要なものを持って、捜索を開始してくれ!! 何か手掛かりが見つかった場合は、キャリアバードに頼んで俺に知らせてくれ!!」

お手伝いに駆けつけてくれた鳥さんがいます。キャリアバードっていう鳥さんで、お手紙を届けてくれるんだ。僕の手くらいの大きさなんだけど、自分の体の3倍くらい大きくて、少し重いものでも、ちゃんと届けてくれるんだ。

届け物をしてくれる魔獣さんは他にもいるけど、今日はみんな急いでいるから、一番早いキャリアバードにお願いします。

「それぞれのグループに1匹ずつだ。ライアン！」

ライアンおじさんが大きな籠を開くと、一斉にキャリアバード達が飛び出して、みんなが僕のところに飛んできました。なんで僕のところ？　今日は遊べないよ？　お兄ちゃんモルーとちーちゃん、みんなを探さないと。

「あのねぇ、きょうはあそべない。みんなをさがすの。みんなのおてがみがとってもたいせつなの。だからよろしくおねがいします！」

僕がそう言ったらみんなが頷いて、バラバラに色々な人達のところへ。ちゃんとグループに1匹ずつ飛んでいってくれました。

「よし、解散!!」

パパがそう言うと、道具を選んでそれぞれの場所へと移動していきます。パパとライアンおじさんはダイアーウルフさん1匹と一緒に探すって。よし、僕も出発!!

「しゅっぱつ!!」

「待て待て、アルフは先に帰るんだ。ブルーノに送ってもらうから」

えー!!　僕も探すよ!!　だってモルー達ともお約束したんだもん。それに僕だってちゃんと探せるよ。パパ達が入れない狭い場所は僕が入って探せばいいし。

「ぼくも、さがす!!」

「ダメだ、アルフがいると素早《すばや》く動けないだろう。あとはパパ達に任せて、帰りなさい」

「さーがーすー!!」

『チューチューチュー!!』

僕が言ったあとに、モルー達が周りに集まって、さーがーすー!!　って言ってくれます。

「ダメだ！」

「さーがーすー!!」

『チューチューチュー!!』

そうやって何回か、パパと言い合いをした時でした。

「なんだ？　どうしたんだ？　そっちじゃなくて、俺達は向こうへ行くんだぞ!?」

探しに行ったはずの人が、ブラックタイガーさんと戻ってきたんだ。凄い勢いでブラックタイガーさんに引っ張られながら。

あとね、ブラックタイガーさんの頭に、キャリアバードさんの親子2匹が乗っていました。

どうしたんだろう？　もしかしてもう見つかった？

僕とモルー達はお話をやめて、急いでブラックタイガーさんの方に。

「みつかた⁉」

『ガアウァ』

あれ？　違った？　今ブラックタイガーさんは、違う、まだ見つかってないって言ったんだよ。たぶんね。だから僕はガックリ。急いで戻ってきたから、見つかったのかと思ったのに。モルー達もガックリしている。じゃあ、やっぱり見つかってないで合っているね。でもそれならなんで急いで戻ってきたの？

『ガウアァ、ニャニョウ、ガウゥウゥ』

ブラックタイガーさんの鳴き声は、虎みたいなネコさんみたいな、両方を合わせたような鳴き声だよ。

「ほんと⁉」

『ガウアァァァ‼』

『ピピピッ！』

ブラックタイガーさんとお話をしている時でした。今まで静かにブラックタイガーさんの頭に乗っていたお母さんキャリアバードが、僕にお話ししてきたよ。

『ピピピッ、ピピ、ピピピピピ‼』

「わわわ⁉　ほんと⁉」

「アルフ、何を話しているんだ。またたぶんで話してるのか？」

「パパ‼　みんなぼくのおてつだいしてくれる‼」

「は？」

あのね、ブラックタイガーさんが行った方には、他はみんな魔獣が1匹ずつなのに、ダイアーウルフさんもいて。きっと僕が探したいって言うはずだから、どっちかが僕と一緒に探せばいいって。

2人で足踏み対決をして、勝ったブラックタイガーさんが、僕のところへ来てくれたんだ。足踏み対決は、よ～いドンッ‼　で、お互いの前足を先に踏んだ方が勝ちっていう、今、魔獣さん達の間で流行《はや》っている対決です。凄い‼　凄い‼　ブラックタイガーさんがお手伝いに来てくれたよ。

それからお母さんキャリアバードは、ブラックタイガーさんが僕の方へ行くなら、僕の手紙を届けてくれるキャリアバードがいないとダメだから、まだまだ訓練中でちょっと飛ぶのが下手《へ》くそ《た》だけど、自分の子供を行かせましょうって。

「パパ、ぼくさがせる‼　さがす‼」

「探すって、本当にそいつらがそう言ったのか？　ライアンの言った通り、なんとなく通じるものがあるのかもしれないが、お前が探しに行きたいだけじゃ？」

「いったぁ!!」

『チュチュッ!!』

「どちらにしろ、俺とライアンが探す場所は、色々と危険な道具が置いてある場所なんだ。そんなところにアルフを連れてはいけないんだ」

でもみんな僕のこと、お手伝いしてくれるって。僕達は全員で、パパに一緒に探すって言いました。ブラックタイガーさんとキャリアバードさん達も一緒に。でもパパは考えたまま、何も言わなくなっちゃいました。もう！　早く行こうよ!!

「ほほほ、旦那《だんな》様、でしたら私が坊っちゃまと共に。危険な場所へは近づけさせません。あくまでも坊っちゃまの動ける範囲で、そして安全な場所を探しますので。ここで話していてはいつまで経っても捜索できませんぞ。何しろ坊っちゃまは、見かけによらず頑固《がんこ》ですからの」

ブルーノおじいちゃんがそう言うと、パパは大きなため息。それで、

「分かった。そうしよう」

って。やったぁ!!　僕もモルー達も、ブラックタイガーもキャリアバードもニコニコです。

「だけど約束だ。必ずブルーノの言うことを聞くこと。ブルーノが帰ると言ったら帰るんだぞ。それと、ブルーノと離れて危険な場所には近づかないこと。いいか？　絶対に守るんだぞ」

「うん!!」

「お前も、アルフを背中に乗せて、勝手に動くんじゃないぞ。それと、みんなは小屋で待っているように。お前達までいなくなったら大変だ」

最後のはモルー達に言ったの。モルーはね、すぐに迷子になっちゃうんだ。だから僕達と探しに行ってモルー達が迷子になっちゃったら、どっちも探さなくちゃいけなくなって大変。だからモルー達は、小屋で待っていなさいって。

みんなが頷き合って、それから僕に抱きついてきました。

『キュキュ、キュウキュウキュウキュウ』

「うん!! ぼくがんばる!!」

今のは、アルフ、みんなを見つけてくれって。うん!! 必ず見つけるよ!!

それから子キャリアバードが僕の頭の上に。パパがみんなを連れてきてくれた人に、自分の捜索する場所へ戻るように言います。お母さんキャリアバードは翼をパタパタして、子キャリアバードに頑張りなさいって言いながら戻っていきました。

「はぁ、なんでこんな時までアルフの周りに集まってくるんだ。ブルーノ、すまないがアルフのことをよろしく頼む。頃合いを見計らって、帰ってもらって構わない」

「大丈夫ですよ」

「アルフ、本当に約束を守るんだぞ。じゃあパパは行くからな」

「アルフ、頑張れよ!!」

「ライアン！　アルフをたきつけるな!!」

パパとライアンおじさんが、自分達の探す場所に馬車で向かっていきました。

「さて、坊っちゃま、私達も捜索を開始いたしましょう」

「うん!!　ぼくがんばる!!　あのね、ぼくはちいさいから、せまいばしょにはいれるよ。だからみんながせまいばしょにいたら、みつけてあげられる!!」

「ほほ、そうですね。確かにその点は旦那様よりも、坊っちゃまの方が優れていますな」

「みんな、がんばろ!!」

『ガアウァ!!』

『ピピピッ!!』

「さて、では坊っちゃま、何から始めましょうか？」

そうブルーノおじいちゃんが、僕に聞いてきました。

「なにからはじめましょうか！」

「ほほ、坊っちゃまがお決めになっていいのですよ」

ん？　僕が決める？　でも大切なことは大人が決めるんでしょう？

「確かに大切なことは、ほとんどは大人が決めます。ですが、そればかりではないのですよ。その時その時で、皆に指示を出す人は変わるのです。指示とは、坊っちゃまのお父上がされていることですよ。誰がどこを探すのか、皆に話していたでしょう？」

「うん！　ほかに、どのどうぐをつかえとか、まじゅうさんといっしょにいけとか、いろいろいってる！」

「それが、考えて、指示を出すということです。今ここには、坊っちゃまとブラックタイガー、キャリアバードと私がおります。そしてこの中で考えて指示するのは、坊っちゃまなのです」

「ぼくかんがえる？　しじする？」

「はい」

「うん！　ぼくそれもがんばる!!」

わわわ!!　僕がリーダーで、僕が考えて指示を出すんだって!!　こんなの初めてだよ。僕ちゃんとできるかな？　頑張らなくちゃ!!　う～ん、最初、一番にやることは何かなぁ？

『ガアウァ、ガウガアァァァ、ニャゴォ』

ん？　最初は穴のところの匂いを嗅いで、小屋の近くで同じ匂いがしないか確かめる？

『ガウガァ、ガウゥウゥ、ガアゥ』

あのね、みんなが移動する前の、パパがお話ししている間、僕は気づいていなかったんだけど、毛を最初に発見したモルーが、しっかりとその毛を保存していて、ダイアーウルフやブラックタイガーに嗅がせていたんだって。

みんなを探すには、みんなの匂いを覚えて、その匂いを見つけることが大切。みんながすぐにサッと動けたのは、毛を持っていたモルーが、移動前にしっかりとみんなに、匂いを伝えていたおかげだったんだ。

「えとえと、じゃあぶりゃ……」

……ブラックがぶりゃっくになっちゃう。う～ん、これからずっと？　パパもママもしっかりしたお名前はダメって。でも他の魔獣さんみたいに、ブラックタイガーさんのニックネームを考えちゃダメかな？

「あの、おねがい、いですか？」

『ガアウ？』

「ぼく、おなまえいうのあんまり……。ちゃんとおなまえいえなくて」

ブラックタイガーにお名前のことを説明します。捜索を止めちゃってごめんなさい。でも、これから捜索するのに、呼びにくいのはちょっと。

僕の話を聞いたブラックタイガーさんは、少しだけ驚いたお顔をしたけど、すぐニッコリになりました。

『ガウガァ!!』

それでいいよって言ってくれたの。たぶん。そうしたら僕の頭に乗っていた子キャリアバードが、ブラックタイガーさんの頭に降りてきて、私も!! って言ったんだ。

「ありがと、ございます!!」

僕は先にブラックタイガーさんの名前を考えることに。それで名前が決まったら、ブラックタイガーさんは先に匂いを嗅ぎに穴のところへ。匂いを嗅いでいる間に、子キャリアバードの名前を考えることにしました。

「う～ん、なにがいいですかぁ？」

ブラックタイガー、ブラさん？ ガーさん？ タイガさん？ 色々名前を言ってみます。そうしたらブラックタイガーさんがブラックのクと、タイガーのタで、クタがいいって。

ブラックタイガーさん、ニックネームはクタに決定!! クタさんは名前が決まると嬉しそうに、穴が開いている方へ歩いていきました。

次は子キャリアバードです。子キャリアバードが僕の手のひらに乗ってきたよ。う～ん、何がいいかな。今のクタさんみたいに、何か好きな名前があればそれがいいよね。

『ピピッ！』

「リア？」

『ピピピッ‼』

子キャリアバードはリアがいいって。うん！　リアに決定‼

「ほほ、決まりましたかな。では皆で移動しましょう」

穴の方へ行くと、穴の匂いを嗅いでいるクタさんと、小屋の中からクタさんを一生懸命見ているモルー達が。

「においある？」

『ガウアァ、ガニョオ、ガアウア』

さっき嗅がせてもらった毛と、同じ匂いが穴からするって。それから周りからも同じ匂いがするみたいです。

「ええと、においがあったらぁ」

『ガウアァ、ガウアウ』

そか、次は少しずつ匂いを辿《たど》っていくんだよね。それと同じ場所ばっかりじゃなくて、他も確認しながら。前にパパが、同じところばかり探していて、他を探さないから間違えるのよ‼　しっかり周りを見て‼　ってママに怒られていたもん。

「においをかいで、すすんでいって、まわりかくにん‼」

『ピピ‼』

僕は手をグーにして、上におー!!　リアも片足を上げて、おー!!　ってしたから、僕達は少し前に進み始めました。

「ほほ……。これからもお前が坊っちゃまのリードを」

『ガウガァ』

「クタさん!!　ここはにおいがしますかぁ？」

『ガウッ!!』

今ブルーノおじいちゃんとクタさん、何かお話ししていた？　あっ！　モルー達が手を振っている!!　僕はブンブン手を振り返します。待っていてね。絶対見つけるからね!!

クタさんが匂いを辿って、僕達よりも少し先に進んで。それから他も確認して。確認が終わって戻ってきたクタさんは、行き先が分かったって。もう分かったの⁉　凄い凄い!!

『ガウアァ、ガウゥウゥ、ガアウァ』

「ん？　ちっともまがらずに、まっすぐ？　だからわかりやすい？」

今クタさんは、匂いは一本線で、ただただ真っ直ぐに、ある場所へ続いているって言ったんだ。たぶん。

「モルーは全部で８匹だが、匂いが途中で分かれたということは？」

『ガウアァ、ガウゥウゥ』

「そうかそうか。混ざっている1本線か」

あれ？　ブルーノおじいちゃん、今のクタさんの言葉分かったの？　今のはねぇ、みんなの匂いが混ざった1本線って言ったんだよ。たぶん。でも、僕はまだ何も言っていないのに、ブルーノおじいちゃんは、混ざっている1本線って言ったの。

「ブルーノおじいちゃん」

「なんですかな？」

「おじいちゃんも、みんなのおはなしわかるの？」

「ほほ、坊っちゃまと一緒ですよ。この魔獣園で働いている者の中で、私が一番長いですからね。坊っちゃまのように、魔獣達が何を言っているのか、今どう思っているのか、なんとなく分かるのです」

「おなじねぇ!!」

ブルーノおじいちゃん、僕と同じだって!!　僕は嬉しくて拍手しちゃいます。でもね。

「ですがこのことは、旦那様にも、奥様にも、他の者達にも、内緒《ないしょ》でお願いします」

「どして？」

「私はここで働いていますからね。もしも話がなんとなく分かると知られたら、皆に色々お願いをされて、仕事が増えてしまうでしょう。私はもうおじいさんですからね。ゆっくりと仕事がしたいのですよ」

　そか、お仕事いっぱいじゃ大変だもんね。パパが知ったら、いっぱいお願いするかも。それはダメダメ。

「ですが、そうですね。坊っちゃまと2人の時は、一緒に話をしましょう。そうしたら、楽しい話ができるはずですよ」

「うん!!」

　僕は嬉しいまま、匂いのお話。僕はいつも小屋の中や、もう少し広い場所でしか、モルー達と遊んだことがなくて、知らなかったんだけど。

　モルーは広い場所をずっと歩く時は、みんな1列に並んで歩くんだって。前のモルーのしっぽを噛んで、どんどん繋がって、それで全員で真っ直ぐに歩くの。

　だからモルー達が歩いたあとの匂いは、バラバラじゃなくて真っ直ぐ1本線になるんだよ。その1本の匂いが穴から一直線に、ある場所へ続いているって。

　クタさんがもう一度匂いを確認しながら、どんどん進んでいきます。そして着いた場所は、モルー達の遊び道具や、色々な道具がしまってある小さな小屋でした。

『ガウワァ』

「このなかに、においがつづいてる？」

『ガニョウ』

「あれ？　どこにいくの？」

今まで真っ直ぐに歩いてきたクタさんが、こっちに進むぞって、小屋のドアから離れました。そしてクタさんは小屋の横へと曲がって、少し進むと止まったんだ。

『ガウアウ』

ここを見てみろ、って言いながら、前足で小屋の下の方を指します。そこをよく見たら、ちっちゃな隙間がありました。

「なるほど、ここから入ったようですね。我々は入れませんから、ドアから入りましょう」

すぐにドアの前に戻った僕達。ブルーノおじいちゃんが小屋のドアを開けてくれます。そしてクタさんが匂いを嗅いでくれたあと、前足である方向を指しました。

そこにはモルー達のおもちゃ箱が置いてありました。もしかしてみんな、遊んでいる⁉　僕は急いでおもちゃ箱のところへ。

「モルーおにいちゃ、ちーちゃ！」

でもどこにも、お兄ちゃんモルー達はいませんでした。僕はしょんぼり。だけどよく見たら、箱にしまってあるはずのおもちゃが何個か、箱の外に落ちていました。

「ガウアウ、グルルルル、ガウアウ」

おもちゃ箱の周りから、いっぱい匂いがするって。たぶんみんながここにいたのは間違いない。おもちゃで遊んでいたんだろうって。じゃあ、今みんなはどこにいるの？

クタさんがまた、匂いを調べ始めます。その間にリアがお仕事です。パパ達のところにお手紙を届けるの。この小屋にみんながいましたって。リアが手紙を届けると、今度はパパ達のところにいるキャリアバードが、次の人達に手紙を届けるんだ。

リアはパパからの手紙を受け取って、僕達のところへ帰ってきます。パパが指示を出しているから、必ず手紙はパパのところに最初に届くんだって。

『ピピピッ!!』

「リア、がんばって!!」

リアは今、あたし頑張る!!　って言ったんだ。まだ練習中だけど頑張るって。

「飛びやすいように、なるべく小さく丸めたぞ。しっかりと届けなさい」

『ピピピッ!!』

リアが、行ってきます!!　って言って、飛び立ちました。飛び立つ？　一瞬で目の前から消えたと思ったら、ドアのところでバシッ!!　と音が聞こえて、ボトッと何かが落ちました。

「リア!?」

『ピピピ……』

僕は急いでリアのところに。リアは失敗しっぱい、次は大丈夫って、ちょっと困り顔で笑いながら、もう1回、行ってきますって言ってまた消えました。

「まったく、行くことだけ考えて前を確認しないからぶつかる。あとで色々と注意しなければ」

リアが戻ってくるまでに、クタさんの匂いの確認が終わりました。小屋の中を隅《すみ》から隅まで2回確認したよ。そうしたら新しい匂いを発見しました。

クタさんが歩いていったのは、ちっちゃな隙間がある方の反対側。そこには木が腐って開いた10円玉くらいの穴が。そこを前足で指して、そのあとすぐに上の窓も前足で指したんだ。

「ん？　どっち？　このあなじゃない？」

『ガウアァ』

「どっちも？」

どういうこと？　僕が考えていると、ブルーノおじいちゃんが穴と窓を確認しながら、魔獣は基本的にこの小屋には来ないけど、一応魔獣園全体の壁を確認しないとダメだなって、ブツブツ言っていたよ。

「ブルーノおじいちゃん、どうしてにおいが2つなのかなぁ？」

「そうですね。一度外へ行ってみましょう」

みんなでぞろぞろ小屋から出て、クタさんに匂いを確認してもらったら、なんと今度はモルー達の匂いの線が2本あったんだ。10円玉の穴から1本と、窓から1本。

だからまず10円玉の穴の匂いを辿っていくことに。周りも確認しながらどんどん歩いていくと、木と草がいっぱい生えているところに着きました。

あのね、魔獣園には、森みたいに大きくないけど、背の低い木や草や花を植えて、小さなミニ森みたいにしている場所があるんだ。小さな畑と同じくらいの小さな森なの。低い木がなかったら、僕が止まらずに走れちゃうくらい小さな森だよ。

このミニミニ森は、小さい魔獣さん達用の森です。あのね、タートと一緒。本当は森に住んでいる小さな魔獣さん達だから、小屋には草や花を少しだけ植えているけれど、木は……。いくら低い木でも小さな小屋に植えちゃったら、小屋が狭くなっちゃうし、動きづらくなっちゃうでしょう？

でもタート達が泥をつけないといけないみたいに、木や花や草がないといけない魔獣さん達がいて。そういう魔獣さん達のために、ミニミニの森を作ってあるんだ。木に体をこすりつけたり、木に登って日向《ひなた》ぼっこをしたり色々だよ。このミニミニの森、みんな大好きなんだ。僕も遊べるから好き。そのミニミニの森に、10円玉の穴からの匂いは続いていました。

「く、くちゃあ。ここにぃ、ほんちょ、いおいぃ？」

『ガ、ガウアァ』

「これは……。離れてもう1つの匂いを辿ってみましょう」

鼻を摘《つま》んだまま、ミニミニ森から離れます。ふう、臭かった。あれの匂いがしたんだよ。

僕達が小屋に戻ると、ちょうどリアが戻ってきました。ブルーノおじいちゃんが手を出すと、その手の上にクルクル巻いてある紙を落としたリア。そのあと僕の頭に乗ってきたんだけど。

『ピピピッ⁉』

くさっ‼　だって。少し匂いがついちゃったみたい。ごめんね、でも仕方ないの。僕の頭の上はダメだと思ったのかな？　クタさんとブルーノおじいちゃんの頭にも乗ったリア。でも全員臭かったみたい。全員臭いなら、僕の頭がいいって、僕のところへ戻ってきました。

リアの匂いチェックが終わって、クタさんが窓の匂いを確認。すると、今までと違うことがありました。

今までは真っ直ぐな匂いの線だったんだけど。今度はジグザクの匂いの線だったんだ。右斜めに少し進むと、今度は左斜めに進んで。それを何回も繰り返していました。

そしてそのジグザクの匂いの線を辿っていくと、またあのミニミニ森に着いたんだ。僕は鼻を摘みます。リアも翼でお顔を押さえて、クタさんも鼻を前足で何回も拭《ふ》いていました。

「クタ、匂いはこの森の中に？」

『ガ、ガウアァ』

「中に入れそうか？」

『……ガルゥ』

「そうか。坊っちゃまとリアはここで待っていてください。私とクタで中へ……」

「ぼくも、いく」

「ですが中へ入れば、もっと臭くなりますよ」

「だいじょぶ、ぼく、がんばりゅ。ちゃんとしゃがしゅ！」

鼻を摘んでいるから上手く話せません。でもちゃんと僕も探さないと。だってモルー達と約束したんだもん。絶対に探すって。それにお兄ちゃんモルーもちーちゃんも、他の迷子モルーも、今泣いているかも。だから探してあげないと。臭いのは我慢する!!

僕が行くならリアも行くって。でもリアは少しでも匂いがしないように、僕のポーチに完全に入っちゃいました。

「分かりました。ですが、そうですね。匂いは2つなので、最初はやはり、私とクタで確認してきます。もう1つの匂いの時に一緒に。それまでここで待っていてください。どこかへ行ってはダメですよ」

「うん!!」

ブルーノおじいちゃんとクタさんが、ミニミニ森に入っていきます。ミニミニ森の木の高さは、ブルーノおじいちゃんの背より、ちょっと高いくらい。ね、低い木でしょう？

でもしっかりとした木だから、枝が伸びていて、葉っぱもいっぱい。ミニミニ森の中に入ると、ブルーノおじいちゃんとクタさんが見えなくなりました。

「リア、くしゃいねぇ」

『ピピ』

「なんでこんにゃ、くしゃくなっちゃうにょかにゃ～」

『ピピ』

「もしかしてみにゃ、ありぇに、はいっちゃったかにゃあ」

『……』

僕の話に全部『うん』で答えていたリア。最後は何も言いませんでした。

＊＊＊＊

『うっ！』

「大丈夫か？」

『ああ、なんとか。だがこれ以上は無理だぞ』

「分かっている。それじゃあ外に出よう」

小さな森から、坊っちゃまの元へと歩き始める。

『おい、一応確認はするが、おそらく匂いはあそこへ続いているぞ。それと匂いが混ざった箇所があった。あそこで合流したんだろう』

「これまでの動きをまとめると、まず小屋からは全員一緒に出て、あの道具小屋でおもちゃで遊んだあと、1匹は穴から外へ。それを追って、他の面々が窓から外へ。穴から出た者は一直線に森へ。他の者達は森へ進んだ者を探しながら移動したために、ギザギザ歩きになった」

『そして最後はあの泥のところで合流か』

「おそらくそうだろう」

『はぁ、臭いに負けて出てきてしまったが、もう少しあそこを詳しく調べなければな』

「匂いのことを伝えてくれれば、あとは私が探すから、先に外へ出ていいぞ。その時坊っちゃまも出るとおっしゃったら、共に外へ」

『最後まで探すんじゃないか？　さっきも鼻を摘みながら、頑張って返事をしていた』

「はぁ、それが問題だ。もしも見つからなかったら？　見つかったとしても見せられない状態だったら。もしそのような状態ならば、見つからない方がまだいい」

『いなくなって大体丸1日と少しか。ご飯を食べなくともまだ大丈夫な時間だな。上手くいけば救出できる。できる限りのことはしよう』

「ああ、できる限りのことを」

『それにしても、アルフは自分と同じように、お前が魔獣の言葉をなんとなく分かると知って嬉しそうだったな。今まで、鈍感《どんかん》なエドガーは、本当か？　と。分かってもらうのに時間がかかっていたからな』

「旦那様は昔から、魔獣だけでなく人相手でも鈍感だからな」

『シャーナはなんとなく、魔獣達の気を汲んで動いてはくれるが』

「普通の人間が、魔獣の言葉を分からないのは当たり前のこと。仕方がない」

『だからアルフは嬉しかったんだろう。まぁ、お前の場合は、なんとなく分かるんじゃなくて、普通に会話できるんだけどな。アルフもいつか話せるようになるだろう。今から楽しみではあるな。しっかりとアルフと話ができる日が』

「その時になるまで、坊っちゃまを導かなければ」

『俺は今から、契約してもらうのも楽しみだ』

「おそらくあの者達が最初に手を挙げ、契約するだろうからな。お前はかなりあとになる可能性があるぞ？　その前に契約してもらえるかどうか」

『うむ。今からもう少しアピールしておかなければ』

そろそろ向こうが見えてきた。坊っちゃまは私に言われた通り、同じ場所で待ってくれている。と、私は不思議に思ったことを聞いてみる。

「お前、名はあれでよかったのか？　クタと。もっとカッコいい名前があるだろう」

『ああ、クタでいいんだ。変わった名の方が、覚えてもらえそうだからな。ライバルは多い、少しでも目立たないと』

「ああ、それでクタなんて名前に」

『それに覚えやすいだろう？』

＊＊＊＊＊

少しして、ブルーノおじいちゃんとクタさんがミニミニ森から出てきました。あ〜あ、クタさんが凄い顔。目と目の間がしわしわ、それにおでこもしわしわに。とっても臭かったんだろうなぁ。くさ？　くさー!?

僕、お帰りなさいって言う前に、くさー!!　って言っちゃいました。ミニミニ森の近くにいるだけで臭いのに。もしもミニミニ森の中にあれがあったら？　たぶんあると思うけど。その近くに行って戻ってきたら、もっと臭くなるに決まっているよね。

リアも臭い!!　ポーチでもダメだったって、中でうんうん唸《うな》っています。

「く、くしゃ、におい、あちゃ？」

「はい、向こうまで匂いは続いていましたよ。これからもう1つの匂いを確認しますが、どうしますか？　やはりここで待っていますか？」

あっ、そうか。臭くて忘れていた。今ブルーノおじいちゃん達が、モルー達を連れていないってことは、みんないなかったっていうことだよね。だって、いたら救出してくれるはずだもん。そうしたらもう1つの匂いは確認しなくていいし。

う～ん、あれに近づく？　本当は嫌だけど、でもみんなのために頑張らないと。

「いきましゅ!!」

「では皆で行きましょう」

もう1つの匂いの方へ移動して、ミニミニ森に入っていきます。うっ、やっぱり臭い。でも気にしない気にしない、頑張って入る！　僕はもっとギュッと鼻を摘んで歩いていきます。でも口からも匂いが入ってきて、やっぱり臭いんだ。

臭い中、ゆっくりミニミニ森を進んだ僕達。少しして周りにアレが。あのね、1カ所だけじゃなくて、小さいけどあっちにもこっちにもあったから、踏まないように気をつけて歩かなくちゃいけなくて大変でした。

「坊っちゃま、着きましたよ」

踏まないように気をつけて歩いていたら、いつの間にか匂いの場所に着いていたみたい。下を見ていた僕は顔を上げます。そうしたら……。

「ありゃあ～」

「これだけ広い泥は初めてですかな」

「うん、1ばんひりょい」

僕の目の前には、くさ～い泥を作っちゃう、あの芋虫さんの、とってもと～ってもも広い泥が広がっていました。

僕ね、こんなに広い臭い泥を見たのは初めてです。今まで一番広かったのは、ママのお薬を作るお家の裏にできちゃった臭い泥。僕がすっぽり3人入っちゃうくらいの泥でした。

でも今僕の前にある泥は、泳げちゃうんじゃないかってくらい、とっても広い臭い泥だったんだ。だから外にも臭いがして、僕達にも臭いがついちゃったんだね。

「ぼっちゃま、大丈夫ですかな？」

「だ、だじゃぶ！　がんばりゅ!!」

くさ～い泥を踏まないように、臭いを我慢して、それから僕達は周りを調べ始めました。クタさん、とっても大変そうだったよ。たぶんポーチに完璧に入っちゃっていて姿は見えないけど、リアも大変だったと思うんだ。

だってみんな、僕やブルーノおじいちゃんよりも臭いを嗅いじゃうんだもん。それなのに我慢して頑張ってくれている。そうだ!! あとでパパにお願いして、特別なご飯を用意してもらおう。捜索を手伝ってくれたみんなにも。

パパもママも、何かいいことがあった時は、魔獣さん達に特別なご飯をあげるんだよ。いつもよりも豪華になったり、山盛りになったり。魔獣さん達は特別なご飯が大好き。

そっとそっと歩いて確認。でも泥に変なところはありません。あっ！ あそこに芋虫さんがいる!! とっても大きい!! だからこれだけくさ〜い泥が広いのかな？

「何かあるか？」

『ガウガァ』

「そうか」

今のは、まだ何も見つからない、だよ。うん、僕もまだ何も見つからない。本当にお兄ちゃんモルー達はここに来たのかな？ もしかしてあんまり臭くて、その臭さのせいで、その辺で倒れている？

なんて考えていた時でした。今見つけた芋虫さんが、僕の方へ近づいてきたんだ。うん、やっぱり大きい。僕の手よりも大きいよ。

それで芋虫さんは僕の前まで来て止まると、頭を上げてそっちにゆらゆら、あっちにゆらゆら。縦にゆらゆら、横にゆらゆら。う～ん、何かなぁ？　どうしたの？　芋虫さん。

『ガウガウアァ』

「ふぁ!?　クタしゃん、ことばわかりゅ!?」

『ギャウニャウ』

あのね、クタさんは芋虫さんの言葉が分かるんだって。僕は魔獣さんの言葉はなんとなく分かるけど、芋虫さんや虫さんの言葉は分からないんだ。凄いねぇクタさん。でも芋虫さん声出ている？　僕聞こえないよ？

「こえきこえりゅ？」

『ガアゥ!!』

ふ～ん。人には小さすぎて聞こえないって。ちょっと残念。分からないから、クタさんと芋虫さんのお話が終わるのを待ちます。

クタさんは、本当か!?　いつ頃だ？　何匹くらいいた？　ここでそんなことが？　いいのか悪いのか分からないな、なんて色々なことを言っていました。それからビックリのお顔や、焦っているお顔、困っているお顔に、嫌そ～なお顔をしたんだ。

でもお話が終わった時は、この臭い場所で少しだけ笑ったクタさん。

『ガウガァ!!　ガウニャア!!』

「ほんちょ!?」

「やはりここに来ていた、それで間違いなかったようですね」

お兄ちゃんモルー達がいなくなった日。芋虫さんはここで夜食の泥を食べていました。でも途中で魔獣さんの匂いがして、急いで泥の中に隠れた芋虫さん。泥の中から目だけ出して、周りを警戒することに。

そうしたらすぐに小さな丸っこい魔獣さんが現れて、その魔獣さん、泣いていたみたい。ずっと泣いている魔獣さんに、芋虫さんはとっても心配になったけど近づけなくて。でも少しして、また魔獣さんの匂いが。芋虫さん、臭い泥の中でよく遠くからの匂いが分かるね。

また誰か来た!!　泣いている魔獣さん大丈夫!?　襲われる!?　慌てた芋虫さん、でも、泣いている魔獣さんは襲われませんでした。

泣いている魔獣さんはあとから来た魔獣さんを見ると、もっと泣き始めて、でもとっても喜びながら、あとから来た魔獣さんの方へ泥の中を走り始めました。途中で転んで泥だらけになりながらね。あとから来た魔獣さん達も同じだったみたい。

そうして泥の上で合流した魔獣さん達。魔獣さんは何匹もいて、その魔獣さん達が、なんで僕の側から離れちゃったの？　どうして勝手に動いたんだ！　もし俺達がこっちに来なかったらどうするつもりだったんだよ！　って、色々言っていたって。

そうしたら最初に来た魔獣さんが、ごめんなさい、ボールが転がって取りに行って、穴を見つけて出ちゃったら戻れなくなっちゃった、って泣きながら説明して。

ボール？　穴？　そういえばあの10円玉の穴の近くに、ボールが落ちていたような？　もしかして……。他にも何か言っていたか聞くクタさん。

『ガウニャア』

うんうん頷いたクタさん。どう？　何か他に分かった？

『ガアウニャァ、ガウニャア、グルルル』

本当⁉　間違いない⁉　僕は何回も同じことを、クタさんに聞いちゃいました。だってね、クタさん、じゃなくて芋虫さん、とっても大切なことを言ったんだ。

「ほんちょに、ほんちょに、そういっちゃ⁉」

「坊っちゃま、落ち着いてください。本当にそう言ったのか？」

『ガアウゥウ‼』

あのね、芋虫さんが、魔獣さん達の名前？　を聞いたみたい。ほとんどは、『なぁ』とか『ねぇねぇ』とかで、話しかけていたみたいなんだけど。でもその中に一番のお兄ちゃんとか、お兄ちゃん、ちーちゃんって呼ぶ時があったたって。

お兄ちゃんとちーちゃん!! それに一番のお兄ちゃん!! わぁ、わあぁぁぁ!! ここにみんなが来たんだね!! でも……、もうここにはいない？

もっと詳しい話をクタさんが聞きます。そうしたら芋虫さんが動き始めて、芋虫さんは僕達についてきてって言ったみたい。

芋虫さんは臭い泥の中を一直線に進んだんだけど、僕達は臭い泥の周りを進んで芋虫さんのところへ。芋虫さんが行った場所は、まだ僕達が調べていない場所でした。それでまた揺れながらクタさんとお話をする芋虫さん。

『ニャウアァ、ガウアウ。ガウニャ！』

お話が止まって、クタさんが少し周りを調べたあと、前足で何かを指しました。僕達すぐにクタさんのところへ行って、それを見てみます。そうしたら地面に変な泥が。なんかぐちゃぐちゃの乾いている泥と、やっぱり乾いている15センチくらいの幅の薄い泥が、ずっと向こうの方へ続いていたの。

『ガウアゥ、ガウアァァァ。ガウニャア』

「ここでゴロゴロ!?」

『ガウニャ!!』

「なるほど、泥から上がって、皆でこの場所で転がって、少しでも泥を取ろうとしたのか」

芋虫さんが見ていた、たぶんお兄ちゃんモルー達は、少し落ち着くと周りを見たあとに自分達を見て、今度は慌て始めたんだって。それから急いでみんなで動き始めて、今僕達がいる場所に。そのあとみんなでゴロゴロ転がったって。

ゴロゴロのあとはお話し合いが始まりました。どっちに行こうか、向こうかな？　それともあっちかな？　僕達どっちから来たっけ？　あっちじゃなかったか？　違うよ、そっちだよ、って色々話していたみたいです。

ただ、話し合いが始まってすぐに、もう少し別の場所に行かないと、これ以上は臭くてお話ができない、だけどこのましっぽを噛んでの移動もできないし、って。

その辺に落ちている何か長いものを探し始めたみんな。すると1匹の魔獣さんの近くに、長～いツルを発見。その見つけたツルに1列に並んだみんな。一番のお兄ちゃんが先頭で、みんながツルを噛んだのを確認したあと、来た方向とは別の方向へ歩いていったみたいです。

『ガウアウ、ガニョウ、ガアウア』

今のは、色々と話をありがとう、って言ったんだよ。僕も少しだけ鼻を摘むのをやめて、芋虫さんにありがとうをします。ちゃんとありがとうしなくちゃダメだもん。

「ありがとございます!!」

すぐにお鼻を摘んだけど。リアも小さな声で、ありがとうって言っていました。

みんなでありがとうをすると、芋虫さんは嬉しそうに笑って、泥の中を向こうの方へ進んでいきました。僕達の進む方向も決まりです。

芋虫さんが教えてくれた方向に匂いは続いていて、僕達は匂いを辿ってどんどん進んでいきます。そしてミニミニ森から出ると、一度止まって、みんなで深呼吸をしました。ふう、臭かったぁ。クンクン、う～ん、長い間臭いところにいたから、臭いがいっぱいついちゃった？

「これは先に臭いを取らないとダメそうですね。坊っちゃま少し待っていてください。さっきの小屋に臭い取りのお水がしまってあります。それで臭いを取ってから次へ進みましょう」

ブルーノおじいちゃんがそう言って、ミニミニ森の周りを通ってさっきの道具の小屋に。

その間にリアがポーチから出てきたんだけど。ポーチの中にいたリアは僕達よりも臭くなくて、僕とクタさんの匂いを嗅いで、ケッて顔をしていました。

『ピピピ、ピッピ、ピピピ』

『ガウアウ、ガニョウ』

今のは、色々教えてもらえてよかったし、とてもありがとうだけど、臭いだけはダメ、ってリアが言ったの。クタさんも、あれさえなければもっと仲良くなれるのに、蝶になるまでは近づけない、って。うん。臭いがなかったら、いつも一緒に遊べるのにね。

少ししてブルーノおじいちゃんが戻ってきました。風魔法で水を浮かせて、さらに強い風で水飛沫みたいにして、みんなに特別な水をかけてくれたよ。うん、やっと臭くなくなった。

『ガウガウアァ、ガウニャァ……』

今のは、そういえば、あいつらはあの泥の中で、泥だらけになったんだったな、そうか、泥だらけか……、って。そうしたらリアが、

『ピェェ』

おえぇって。僕も一緒のおえぇ。クタさんもおえぇ。

「このバケツはあとでしまいに行きましょう。今は先に探さないと」

そう、ブルーノおじいちゃんが。そういえばブルーノおじいちゃん、一度も鼻を摘んでいないし、いつもみたいに動いていた？　あれ？　ブルーノおじいちゃん臭くないの？　ん？

『ガアウア、ガウニャ』

「では坊っちゃま、次はどういたしましょうか？　クタはこのまま匂いを辿っていこうと言っていますが」

臭いが取れた僕達。次にやることを決めないと。うん、芋虫さんからお兄ちゃんモルー達が進んだ方向を聞いて、それに匂いもしっかりしているから、このままどんどん匂いを辿っていった方がいいよね。

「クタさん、においおねがいします!!」

『ガニョ!!』

すぐにクタさんが匂いを嗅いでくれて、お兄ちゃんモルー達の捜索再開です。お兄ちゃんモルー達の匂いと臭い泥の匂いで、さっきまでよりも匂いがしっかりだって。一応周りも確認するけど、僕達はさっきよりもどんどん進んでいきます。

それでね、僕は歩きながら、ブルーノおじいちゃんに聞いてみました。なんでお兄ちゃんモルー達は、ミニミニ森に入った方じゃなくて、反対側に進んじゃったのかな？　って。だって入ってきた方に進めば道具の小屋に戻れたでしょう？　そのままお家の小屋にも帰れたかも。

「ああ、それでしたら、モルーは真っ直ぐに歩くからですよ」

真っ直ぐに歩く？　ブルーノおじいちゃんがモルーのお話をしてくれます。

モルー達は、モルー達のお家くらい狭い場所なら、端っこから端っこまでがよく見えて、歩く場所もそんなにないから、絶対に迷うことはありません。

時々僕と遊ぶちょっと広い場所も、僕やパパ達が見えなくなるほど遠くには行けないから、みんな僕達を見て戻ってきて、他に移動する時も柵をぐるぐる、同じ方向に歩くだけだから迷子にはなりません。

ただ、柵がなくてずっと歩けちゃう場所だと、どんどん真っ直ぐに歩いて、止まらなくなっちゃうんだって。

あんまり進みすぎたら、後ろに戻ればいいのにね。分からない時は真っ直ぐって考えて、またまた前に進んじゃって。そのまま自分達がどこを歩いているか分からなくなって、迷子になっちゃうみたい。

だから、自然の中で暮らしているモルー達はお家がいっぱいあるんだ。迷子になった場所に新しくお家を作るし、迷子になると帰らないからお家がいっぱいなの。

もしも途中で止まって帰ろうと思っても、自分達がどっちから歩いてきたか、ぜんぜん覚えていないから、それでまた別の方向へ行っちゃって、またまた迷子に。

だからお兄ちゃんモルー達も、どこからあの臭い泥の場所まで来たか忘れちゃって、反対の方向に歩いていっちゃったんじゃないかって。

「ぜんぜん、わからない？」

「そうですね。一度外を歩かせてみたのですが、全員が迷子になりかけました。私達がいなければ、迷子になっていたでしょう」

「みんなまいご……」

『ガウアウ、ガニョウ』

「ふぉ!?　モルーじゃなくて、マイモー!?」

あのね、今クタさんは、魔獣さん達がモルーのことをなんて呼んでいるか教えてくれたんだけど。迷子の『まい』と、モルーの『モ』と『ー』で、マイモーって呼んでいるって。モルーじゃなくてマイモー。あんまり嬉しくないお名前。

マイモーのお話を聞いてビックリの僕。ビックリしながら、今までで一番長く歩いています。他の魔獣さん達の柵や小屋の前を通ると、みんながどうしたのって聞くから、クタさんがささっと話して、モルーが通らなかったか聞いてくれて。でも誰も、お兄ちゃんモルー達を見ていませんでした。臭いとは思っていたけど。

そうしてかなり歩いて、僕達はこの前遊んだシマウの小屋がある近くまで来ました。でもね、その時突然クタさんが止まって、それから周りをウロウロ。そのあとボソッと、

『ガニョウ……』

匂いが消えた、って言ったんだ。なんで？　だって今まで凄く臭かったから、どんどん歩いてこられたでしょう？　どうして急に匂いが消えちゃったの⁉　僕はちょっと慌てます。

「坊っちゃま、落ち着いてください。今確認しますから。本当に匂いが消えたのか？」

『ガウア‼　ガウアウ、ガニャア‼』

今のは、本当だ‼　この場所で、匂いが消えてしまっているんだ‼　って言ったんだよ。

「においない、どうしよう‼」

「周りを確認してみましょう。それから……」

ブルーノおじいちゃんがお話ししている時でした。僕達は今、サイに似ている魔獣さん、サーイさんの小屋の前にいたんだけど、サーイさん達が柵のギリギリまでみんなで寄ってきて、話しかけてきました。

『グオォォオ、グオォォォ？』

今のは、どうしたんだ、そんなに慌てて？　って言ったんだよ。すぐにクタさんがサーイさん達に、臭い匂いのことを話してくれます。そうしたらサーイさんが。

『グォ、グオォォ、グオォォォ』

『ガウアッ!?』

え？　お掃除？　今ね、サーイさんは、昨日の夕方、あんまり臭かったから、仕事をしている人に臭いってことをなんとか伝えて、あの特別な水を使ってこの辺を綺麗に掃除してもらったって。そう言ったんだよ。

「まさか、こんな時に」

『ガウアウ、ガウニャ……』

クタさんが、いつもは訴えてもなかなか理解してくれないのに、どうしてこんな時ばかり言っていることが伝わるんだって。

特別なお水、お掃除、匂いはサッパリ。サッパリ……。大変!?

5章　問題発生⁉　匂いが消えちゃった⁉

「におい、ない⁉　きれいにない⁉」

ブルーノおじいちゃんとクタさんが、サーイさんから詳しくお話を聞きます。サーイさん達はモルーお兄ちゃん達がいなくなった日の夜、どこからともなく漂《ただよ》ってきた臭い匂いで目を覚ましました。周りの魔獣さん達も気づいて目が覚めたみたい。

それでその臭い匂いが何か、気がついたサーイさん達。これだけ匂いがするんだから、芋虫さんが近くで泥を作り始めたと思って、小屋から注意しました。この近くに泥を作るなって。

でも芋虫さんからお返事はなくて、おかしいと思ったサーイさん達。小屋の中の一番端っこで寝ていたサーイさんが、外を確認しようと思ったんだけど、今みたいに広い柵の中じゃなくて小屋だったから、お外が見えなかったみたい。

それで仕方なく、もう1回だけ注意して、みんな匂いが気になったけど、また寝ることに。

そして昨日の朝起きると、まだ臭い匂いがしていて。もしかして注意を聞かないで泥を作った？　と、サーイさん達と周りの魔獣さん達は広い柵の中へ出てくると、すぐに芋虫さんに注意しようとしました。でもどこを見ても芋虫さんはいないし、くさ〜い泥もなくて。

不思議に思ったサーイさん達。もしかしたら芋虫さんが、夜のサーイさん達の注意を聞いて移動してくれたけど、ほんの少しだけどこかに泥を作り始めちゃったのかと。例えば小屋の壁のところや、どこか花壇の隅とか、みんなから見えにくい場所にね。

そのちょっと作っちゃった臭い泥を、芋虫さんが体につけたまま移動した。だから道に臭いがついて、臭いんじゃないか。サーイさん達も周りの魔獣さん達も、そう考えました。

仕方なく働いている人を呼ぶことに。サーイさん達と他の魔獣さん達は、大きな声で鳴きました。その声を聞いた働いている人が、すぐにサーイさん達のところへ来てくれました。

そして来てくれた人は、芋虫さんのくさ〜い泥の匂いに気づいて、道と周りに特別な水を撒《ま》いてくれました。でも全部に撒くには特別な水が足りないし、1人じゃ無理って。

とりあえず魔獣さん達の小屋と、近くの道にはしっかりと撒いてくれてね。もう少し歩くと魔獣さん達の小屋がない場所に着くから、そこまで特別な水を撒きました。次の魔獣さん達の小屋がある場所までは遠いから、臭いが途切れればそれでいいし。

来てくれた人は本当に綺麗に水を撒いてくれて、臭いを消してくれたんだ。だから昨日はゆっくり寝られたんだけど……。

『ガウガア』

『グオォォォ』

「そうか、見ていないか。声も聞いていないと」

「なにもおはなし、きこえなかった？」

『ガウニャア』

「こえきこえない？」

「坊っちゃま、モルーの声はとても小さいのですよ。いつも遊んでおられる時も、ほとんど聞こえないでしょう？」

「うん、おみみのちかくに、おにいちゃんモルーたちをちかづけないと、きこえない」

「モルーの一番大きな声は、いつも坊っちゃまが聞いている声より、ちょっと大きいだけなのですよ。だから離れているとぜんぜん聞こえないのです」

「おおきいこえ!?　ちいさいこえ!?　ぜんぜん!?　でもいもむしさん、きこえた」

『ガウガァ』

そうなの？　お兄ちゃんモルー達とお話しする時は、いつも耳元でお話ししてもらうの。ぜんぜん聞こえないから。僕ね、小さな声でお話しするの、わざとだと思っていたんだ。本当はもっともっと大きな声でお話しできるって。

でも一番大きな声が、いつもの声よりちょっとだけ大きいぐらいの声なら、ぜんぜん聞こえないよ。だからもし、サーイさん達に何かお話ししていても、サーイさん達も気づかない。

芋虫さんは、とっても耳がいいんだって。例えば僕がお家で普通にお話しした声でも聞こえるくらい。だから芋虫さんはお兄ちゃんモルー達のお話が聞こえたんだ。

どうしよう、どうしよう。匂いも消えちゃって、声も聞こえなくて、それから誰もお兄ちゃんモルー達を見ていなくて。

「とりあえず、周りを確認してみましょう」

「うん！」

僕達はお話ししてくれたサーイさん達にありがとうをして、お掃除が終わったところまで歩いていきました。

それとリアに、またまたお手紙を届けてもらいました。こっちに歩いてきたのは確かだから、ぜんぜん違う方を探している人達に、こっちへ来てくださいってお手紙だよ。

『ピピピッ!!』

しっかり届けるからね!! そう言ってリアがフッと消えました。でも次の瞬間、近くの魔獣さんの小屋の壁でバシッ!! と音がして、ボトッとリアが落ちたんだ。

『ピピピ……』

また失敗しちゃったって。困った顔で笑ったあと、飛んでいったよ。リア、お願いね。

「やはり今回の捜索が終わったら注意しなければ」

『ガウアウ』

「なにもにおいしない？」

『ガウアウア』

「そか……」

『ガウニャア！』

「うん!!　ぼくもにおいわかんないけど、さがす!!」

リアが飛んでいってから、道のお掃除が終わったところまで歩いてきた僕達。でもクタさんは、それ以上先の道にも、芋虫さんのくさ～い泥の匂いはしないって。だから僕はちょっとしょんぼり。そかって言ったら、この辺を全部調べてみるって。

クタさんはずっと匂いを嗅いで頑張っている。だから僕もしょんぼりをやめて、頑張ってお兄ちゃんモルー達を探さなくちゃ。

僕は匂いが分からないから、足跡がないか、毛が落ちていないか探します。う～ん、みんなどこに行っちゃったのかなぁ。

『ピピピッ!!』

僕が別の場所を探そうとした時、リアが帰ってきました。お手紙を持ってきてくれて、そのお手紙には、別の場所で探している人達がこっちに来るって書いてあったみたいです。

よかったぁ、これでもっと色々な場所を探せるから、もしかしたらすぐにお兄ちゃんモルー達見つかるかも。そう思って、僕はちょっと元気になったんだ。でも……。またまたダメダメなことが分かったんだよ。

僕達は魔獣さん達の小屋の周りを探していて、クタさんはもちろん魔獣さんの小屋からずっと匂いを探していました。

えっと、魔獣さんの小屋から道を真っ直ぐに進んで、お掃除が終わった場所よりも、もう少しだけ進んで。匂いが見つからないと、そのままクルッと反対に。それで少しずれて、またまた真っ直ぐに道を進みながら魔獣さんの小屋の方へ戻ってきて。その繰り返しで外壁の方へ進んでいったんだ。

でも、ぜんぜん匂いが見つからなかったの。だからもしかしたら、壁の外に出ちゃっているかもしれない。そう思ったクタさんは、壁に上がってお外の匂いも嗅いでみることに。そうしたら、外からも特別なお水の匂いが。

芋虫さんの泥の臭いを消す特別なお水が、外にも撒かれていたみたい。僕には分からないけれど、クタさんや他の魔獣さんはあの特別なお水の匂いが分かるから、壁の外にもお水が撒かれていることが分かったんだ。

「そうか。そこまで水を撒いているということは、水を撒いた者は、外からも臭いがしたために撒いたのか。それとも用心のために撒いたのか。ここに来た者が誰なのか聞いてみよう」

『ガアウ、ガニョウ！』

「ああ、それも分かっている。壁の外に出た可能性を考えて、外も探す。だがそれには旦那様の許可を取らなくては。確か先ほどの手紙に、旦那様もこちらに来られると。許可をいただき次第、外を探してみよう」

どうしよう!!　パパ、早く来て!!　もしかしたらみんなお外に出ちゃったかもしれないって。この壁の周りの匂いが消えていても、他の匂いが残っていたら、また探せるでしょう？

でも魔獣さん達が外に出て匂いを探すには、お外に出ていいってパパに言われないとダメなんだ。時々魔獣さん達はお外に出ることがあるんだけど、みんなちゃんと、パパに聞いてから出ているんだよ。それから魔獣園の人も一緒じゃないとダメなんだ。

リアが持って帰ってきてくれたお手紙に、パパ達が僕達のところに来るって書いてあったから。パパが来たらすぐにお外に出ていいか聞いて、早く探さなくちゃ!!

パパ達が来るまでに、ブルーノおじいちゃんはサーイさん達に、特別なお水を撒いてくれた人が、誰だったか聞きます。

『グオォ？』

『グオォォォ』

『グオォ、グオォォォ』

今のはね、名前はなんて言ったか？　我々はいつも特徴で呼んでいるからな、聞いたけど覚えていない、だって。

「では、名ではなく、いつも呼んでいる特徴を教えてくれればいい」

『『『グオォォォォォ!!』』』

サーイさん達の声が綺麗に重なったよ。えっと、『カッコつけ振られ男』だって。ん？　カッコつけ？　振られ男？　どういうこと？　それがニックネーム？

僕は、仲良しウサササとかグーちゃんとかグリちゃんとかだけど、『カッコつけ振られ男』？

「ああ、あいつか」

あれぇ？　ブルーノおじいちゃんは分かったみたい。なんで分かるの？

＊＊＊＊＊

『おにいちゃ、きのみおいちいね！』

『うん！　美味しいね』

よかった、ちーちゃんが少し元気になってくれて。昨日までは泣いていたけど、今はご飯を食べて落ち着いたからかな。泣くのが止まって、いつもほどじゃないけど、ちょっとニコニコしているよ。

　僕達が迷子になってから2日。僕達は今、外側の壁のところにいます。あのね、僕達、間違えて壁の外に出ちゃったんだ。これでもし壁からもどんどん離れちゃったら、もう絶対に戻ってこられないって、だからずっと僕達は同じ場所にいるの。

　でも最初は壁に沿って。あっちに行ったり戻ってきたり、反対の方へ進んでみたり。なんとか壁の中に入ろうとしたんだ。特別なお水を探しながら。

　僕達、芋虫さんの泥に入っちゃって、くさ～い泥だらけになっちゃったの。臭くて気持ち悪くて、その辺の草を食べることもできなくて。それに小屋に帰れなくて。ずっとちーちゃんは泣いていました。

　でも昨日、誰かが魔獣園の中から水を撒いてくれて、僕達は急いでその水を浴びて、しっかり臭いを取ることができたんだ。

　それで体の臭いは取れたんだけど、他はまだ臭かったから、また臭いがつかないように気をつけて移動して、今いる場所まで来たんだ。それでやっと僕達は、少しゆっくりできました。

　それまでずっと歩いていたから、とっても疲れていた僕達。みんなで交代で寝ることに。半分ずつに分かれて寝たよ。何かあると危ないからね。

そのあとは、みんな寝て少し元気になったから、壁から離れないで、どこからか魔獣園の中に入れないか探すことに。

探している間にバラバラになっちゃうといけないから、今いる場所に何匹か残って。他のお兄ちゃんモルー達が壁に沿って進んで探すんだ。探し終わったら壁に沿って戻ってくるの。

これなら壁があるから迷子にならないし、戻ってきた場所に誰かがいてくれれば、行きすぎちゃうこともなくて、迷子にならないでしょう？

これがバッチリ!! 中へ入る場所はまだ見つかっていないけど、迷子にはなりませんでした。

そして探しているお兄ちゃんモルー以外は、壁の中に向かって、一生懸命、呼びかけてみました。もしかしたら魔獣園の人達や魔獣達が気づいてくれるかもって。

ただこれはぜんぜんダメ。やっぱり誰も気づいてくれないんだ。でもでも、これからも諦《あきら》めないで、呼んでみるつもりだよ。

今食べている木の実は、壁の向こうの林に入る前のところにたくさんなっていたんだ。僕達がよく食べる木の実で、とってもみずみずしくて、お腹もいっぱいになるんだ。

林の中に入らないから迷子にならないはず。それに、果物を持ってくるモルーと、この場所で待つモルーに、半分ずつ分かれればいいよって。誰かが見える場所で待っているから、それを目印にすれば迷子にならないでしょう？

そうやって僕達は、分かれて木の実を採ってきて、食べることができたんだ。

『おにいちゃ、いっぱいたべちぇる？』

『うん、食べてるよ』

『えへへ、おいちいねぇ』

『さて、食べ終わったら、もう少し採ってこよう。いつでも食べられるようにしておこう』

『うん。採ってもすぐには腐らないもんね』

『いちいち採りに行ってたら、もしかしたら迷子になるかもしれないからな』

『そのあとはまた順番に、どこか入れないか探しに行く？』

『探しに行くけど、もう少し休んでからだな。みんなまだ疲れてるから、もう少しだけ休んだら探そう。それで暗くなってきたら、探すのは中止。暗くて迷子になるといけないからな』

『『『うん!!』』』

今僕達はどの辺にいるんだろう？　壁から離れていないから、魔獣達の声も聞こえる。中は魔獣園で間違いないけど。

最初に止まったところだと、シマウ達の声が聞こえたっけ。今も聞こえるけど、最初よりは遠くに聞こえる。あとはちょっと遠い方から、サーイ達の声も聞こえる。

あれ？　でもそういえば、芋虫さんの泥の臭いと迷子でふらふらしていた時に、サーイ達が芋虫さんに何か話していた気がする。それにお水をかけてもらったところは、サーイ達の声が近かった？

『ごちそしゃまでちた!!』

『うん、ご馳走《ちそう》様!! お腹いっぱい？』

『うん!!』

『じゃあ、お兄ちゃんが側にいるから、いつでも寝ていいからね』

『うん!! おにいちゃ、いっちょいてね』

『絶対に一緒にいるよ』

少ししてちーちゃんがスゥスゥ寝始めて、一番お兄ちゃんが、僕にも今のうちに寝てろって。ちーちゃんが寝ているうちにね。だからすぐに僕も寝たんだ。

このままずっと帰れなかったらどうしよう。なんとかちーちゃんだけでも帰れないかな。僕はそれだけでいいんだ。

お父さん達心配しているだろうなぁ。ちーちゃんは絶対に僕が守るからね!! それからちーちゃんが小屋に帰れたら怒らないでね。

ちーちゃんずっと、いっぱい泣いていたんだ。だから怒られてもっと泣いちゃったら、体からお水がなくなっちゃうかも。

ちーちゃん、お兄ちゃん頑張って、ちーちゃんを小屋に帰してあげるからね‼

＊＊＊＊＊

「カッコつけ、ふられ？　ん？」

「坊っちゃま、今サーイ達が言ったのは、キーランと言う男です。新しく働きに来た者ですよ。皆、今の言葉は坊っちゃまの教育に悪い。坊っちゃまの前ではキーランと言うように」

『ガウニャオ‼』

『ピピピッ‼』

『『『ぐおぉぉぉぉ‼』』』

え？　みんなどうしたの？　みんなが同時にお返事しました。キーランさんって新しく働いている人がいるんだね。でもなんでカッコつけ振られ男？

「坊っちゃま、すぐにキーランもここへ呼びましょう。そしてどこまで水を撒いたかしっかりと聞いて、皆でまた捜索を」

リアの出番です。キーランさんは捜索に参加しないで、魔獣さん達のお世話をしているんだって。今パパ達が通ってくる場所でお仕事をしているから、今ならまだ間に合うかも。だからパパ達と一緒に来てもらうって。

　急いでお手紙を書いたブルーノおじいちゃん。それを渡して、すぐに飛んだリア。でもまたまたサーイの小屋にぶつかって。それから慌てて、また飛び立っていきました。リア、いつもあんなに思いっきりぶつかって痛くないのかな？

『おい、あいつを呼ぶのか？』

「仕方がないだろう。情報を得ねばならないし」

『アルフに会わせるのか？』

「本当はあまり会わせたくないが、坊っちゃまも話を聞きたいだろう。それにあの男、仕事に関しては真面目《まじめ》にやっているからな。情報は確かなはずだ」

　そのまま僕達は、リアが戻ってきて、パパ達が来るまで、捜索を続けることに。

　そして少しして、ちょっと向こうから僕を呼ぶパパの声が聞こえて、振り向いたらパパとライアンおじさん、それから知らない人が荷馬車に乗って僕達の方へ来ていました。あれ？　リアは？　まだ帰ってきてないよ？

「あれぇ？　リアかえってない」

「坊っちゃま、旦那様の肩をよくご覧ください」

　ブルーノおじいちゃんにそう言われて、じっとパパの肩を見たら、小さい塊が見えて。その塊が、1回だけぴょんって飛びました。

あっ!!　リアだ!!　よかったぁ、リア、どこかに行っちゃったのかと思ったよ。いつもはすぐに戻ってきてくれるのに、遅かったから。

「パパ!!」

「アルフ！　それにブルーノ、よく色々情報を得てくれたな！」

僕がパパに抱きつくと、パパは僕の頭を撫でながら、そう言いました。違うよ、パパ。僕じゃなくて、ブルーノおじいちゃんと、クタさんとリアが、いっぱい頑張ったんだよ。僕、何も見つけてないし、お手紙も運んでないもん。

「そうか、みんなが頑張ったんだな！　じゃあアルフもやっぱり頑張ったじゃないか。ここまで一生懸命モルー達を探してくれたんだろう？　探すのを頑張ってるじゃないか」

「ぼく、がんばってる？」

「ああ、凄く頑張ってるぞ!!」

「えへへへへへ」

僕は褒《ほ》めてもらえて嬉しくて、ニコニコです。これからも頑張って探すよ!!　でもその前にお話だもんね！

「じゃあ話を聞かせてくれ」

パパ達にブルーノおじいちゃんが説明してくれます。その間にリアが僕の頭の上に戻ってきて、なんか服が似合わないって。どうしたの？　って聞いたら、キーランさんの洋服があんまり好きじゃないって。

僕はお話をしているキーランさんを見ます。キーランさんは若い男の人で、なんか髪の毛が左側に寄っていて、一部がピヨンッ！　って跳ねていて、先っぽが少しくるんってなっていました。

それからパパ達みたいな、薄茶色の汚れてもいい洋服じゃなくて、なんか色々な色が混ざっている、ちょっとキラキラした洋服を着ていたよ。

あの洋服でお掃除しているのかな？　みんなのうんちがついちゃったら大変だよ？　それに土とか泥とか草とか、とっても汚れるのに。

『ピピピッ、ピピピピピ、ピピピッ!!』

え？　そうなの？　でもそれはそれで大変そう。リアが教えてくれたんだけど、キーランさんはいつも、キラキラな洋服を着てくるんだって。

それでやっぱりとっても洋服が汚れるんだけど。掃除が終わるとすぐに、クリーンの魔法をかけて、鏡《かがみ》を見て髪の毛も今の形に綺麗に直すんだって。綺麗にする時間が長くて、次の場所に行くのに遅れるって、時々怒られているみたい。

遅れるのはダメダメだよ。だって魔獣さん達待っているんだよ！　自分のことはお掃除のあとにしないとダメなんだから。パパもママもいつもそう言っているよ？

『ピピピ、ピピ、ピピピッ』

ん？　そうなんだ？　キーランさん自分のお掃除が長くて怒られるけど、魔獣さん達の小屋のお掃除は早くて、とっても綺麗にしてくれるから、その時は褒められてるって。

あれ？　それじゃあダメダメじゃないのかな？　でもお掃除のあとは怒られるんだよね？　良くて悪い？

「ピピピッ、ピピピッ、ピピッ」

リアはキーランさんのお掃除は好きだけど、他はあんまりだって。合わないって言いました。女の人と話しているのを見るのも、あんまり好きじゃないって。なんかよく分からないや。

少しの間、話をしていたパパ達。ここに来るまでのお話が終わったら、いよいよキーランさんに、お掃除した場所を聞きました。

「アルフ坊っちゃま、初めまして、キーランと申します。この素晴らしい魔獣園で働けて、とても幸せでございます！　何しろここには傷ついた魔獣達が集まり、その怪我を『美しく』治療し、そして自然へと帰す!!　こんなに素晴らしい場所がこの世にある……」

「キーラン、その辺でやめないか。余計《よけい》なことはいいのだ。お前のことは、今はどうでもいい」

「これは失礼いたしました。まさかアルフ坊っちゃまにお会いできるとは思っておらず。こんなにうれ……」

「キーラン!!」

「も、申し訳ありません！」

ブルーノおじいちゃんに怒られるキーランさん。キーランさんがお話しする前に、僕にご挨拶してくれたけど、なんかとっても長いご挨拶？　で、僕はぼけっとキーランさんを見ちゃいました。

「まったくお前は。いいか、お前が水を撒いた場所を、しっかりとお伝えするんだ」

「はい！　お任せください！　少しの残りもなく全てお伝えします!!」

なんかキーランさん、変？　何が変なんだろう？　う〜ん。

僕はパパと手を繋いで、キーランさんについていきます。最初に、サーイさん達の小屋のちょっと向こうから、特別な水を撒き始めたんだって。

それから道に沿って綺麗に水を撒いていって、サーイさん達の小屋の周りは、２回特別な水を撒きました。

そうやって、どんどん特別な水を撒いていったキーランさん。他の魔獣さん達の小屋の周りや柵の周り、魔獣さん達の小屋を通りすぎた、少し先まで特別なお水を撒いたキーランさん。

うんうん、ここまではサーイさん達のお話と同じだね。ブルーノおじいちゃんも、ちゃんと合っているなって、うんうん頷いていたよ。パパ達もずいぶん丁寧に撒いたなって。

「それはもちろんです‼ 魔獣達のためなのですよ。しっかりと撒かせていただきました‼ちゃんと水の量が一定になるように……」

「キーラン‼」

「申し訳ありません‼」

キーランさんは話し始めると、お話が長くなっちゃうんだ。さっきからずっとそうなの。それでいつもブルーノおじいちゃんに怒られています。ダメだよ、お話より今は、特別なお水を撒いたところを教えて！

それにやっぱり……。キーランさんのお話は、変な感じがするなぁ。なんでだろう？　何が変なのか分かんないや。

『ピピピッ？』

「あのね、へんなの」

『ピピピッ？』

「うん、なんかぁ、キーランさんのおはなしへん。でも、なにがへんなのか、わかんないの」

『ピピピ……。ピピピ、ピピピ。ピピピピ』

216

「みんなとおはなしちがう？」

『ピピピ!!　ピピピピピピピ、ピピピッ、ピピピピピ!!』

「うんうん」

『ピピピ、ピピピ、ピッピピィ』

「あ、そうかも!!　みんなよりおはなしがながくて、みんなよりもこえがおおきくて、それからうるさいからかも。きっとそれでへんにかんじるんだね」

「アルフ、何を話しているんだ。今はキーランの話を聞いているんだぞ」

リアが、何を考えているの？　って。だからキーランさんは変な感じがするって伝えたら、リアが、キーランさんは他の人とちょっと違う、って言ったんだ。みんなとお話が違うって。

パパはいつもとっても元気に話します。他の人達も元気にお話ししたり、普通にお話ししたり、時々怒ったり、ブツブツ文句を言ったり。でもキーランさんは違うって。

話し出すと長いし、怒られてもまたすぐにお話。声が大きくて、パパ達と同じ元気じゃなくて、なんか煩い元気。それに時々女の人と話すと、変なことを言って、お話ができないんだって。普通の人達と違う話し方と話をする。だからそれが変に感じるのかもって。リアは最後に、あんまり煩いのは嫌いだって言ったよ。

リアの言う通りかも。みんなと違う話し方で、なんかワァワァだから、変に感じたのかも。

「……お前は小さな子供に会った瞬間、そう思われてるのか」

「ははは、まぁ、間違いではないけど」

「え？　どういうことでしょうか？　私の話は素晴らしいというのでは……」

「……キーラン、あとで話をしよう。この事件が解決したら、私のところまで来なさい」

「はい？」

ブルーノおじいちゃんが、ちょっと疲れている？　感じの声でキーランさんに言っていました。キーランさんが不思議な顔で返事をしながら、向こうを指差します。

「次はあちらです。向こうもしっかりと撒きました!!」

キーランさんが指差したのは壁でした。クタさんは、壁の方も特別なお水の匂いがして、芋虫さんのくさ〜い泥の匂いが消えているって、言っていたもんね。

みんなでぞろぞろ壁の方へ歩いていきます。でも途中でキーランさんが忘れ物をしたって、道具がしまってある小屋へ行って、台を持ってきました。僕が1人で乗るのは無理な、ちょっと高い台です。

「これと魔法も使って、しっかりと撒いたのです!!」

壁まで行くと、キーランさんが台を置いてひょいと乗りました。

『ピピッ？　ピピピッ』

「うん、へんだねぇ。みんなのひょいとちがうねぇ」

『ガウガア、ガウニャア……』

今リアが、ね、動きが変でしょう、って言ったから、僕は変だねって言ったんだよ。それでクタさんは、どうして奴はただの簡単な動きに、変な動きを加えるんだって。

今台に乗ったキーランさん、その乗り方が変だったんだ。パパ達は階段を登る時みたいに台に上がるけど、キーランさんは、クルッと回りながら台の上に乗ったの。それから横にくるんってなっている髪の毛を、手でふわって軽く触って。

パパ達はそれもやらないもんね。うん、リア達が言った通り変な動きだよ。

「余計な動きはいいから、水を撒いたところを教えろ」

ブルーノおじいちゃんが首を横に振りながら、キーランさんに言います。

「私は全体的に水を撒きました。風魔法を使い、なるべく遠くまで水を撒いたのです!!」

「遠くとはどのくらい先までだ？　撒いた場所は、お前が今立っているところからだけか？」

「いいえ、道の範囲と同じです。壁も同じ距離を撒きました!!　それと向こうの林の入り口までは撒けてるはずです！」

「旦那様。壁の内側はクタが全て調べております。あとは壁の向こう側。あまり考えたくはありませんが、もし壁の外に出たのであれば、他にも匂いが残っている可能性があります。ですが、探すには旦那様の許可が必要ですので、お呼びいたしました」

「確かに壁のどこかに小さな隙間でもあれば、モルー達はそこから外へ出た可能性も」

「よし、分かった。これから違う方面を探していた者達が、半分ほど戻ってくる。今のところモルー達はこちらに来たというのが有力だ。が、もしかしたら反対へ行った可能性もまだ捨てきれないからな。だから半分は中に残して……」

もうすぐここへ集まってきてくれる人達には、魔獣さん達と一緒に、お外に出て捜索してもらうって。パパがいいって言ったから、お外の匂いを探せるんだ。でも……。

「えー!!」

「えー、じゃない。外はダメだ。パパ達みたいに動けないアルフは邪魔になる。アルフはそのまま壁の中で探していてくれ」

パパが僕は壁の外を探しちゃダメだって。僕、みんなの邪魔なんかしないよ。ちゃんとお兄ちゃんモルー達を探すんだから。

『ガアウァ、ガウアウ、ガウニャア』

僕とパパがちょっと喧嘩していたら、クタさんが、僕は中側の壁の近くを探してくれって。クタさんは外側の壁の近くを探すから、何かあったら、すぐに僕に教えてくれるって。

クタさんは、僕が見えなくても、気配で僕がどこにいるか分かるんだ。だから壁で僕が見えなくても、僕が歩いている場所が分かるの。絶対に先に進んだりしないから、壁の外と中を一緒に探そうって。う～ん、でもぉ。

「坊っちゃま、これからどんどん進んでいけば、まだ探していない場所へ行くことになります。その時に中を調べる者がいなければ、もし何かがあっても見過ごしてしまい、モルー達を見つけられなくなってしまうかもしれません」

あ！　そっか。どんどん進んだら、中の方が分からなくなるかもしれないもんね。

「ですからこちらはしっかりと、坊っちゃまと私が残って探しましょう」

「うん!!　ぼく、なかでさがす!!」

お話ししているうちに、他の人達が集まってきました。それからダイアーウルフさん２匹と、ブラックタイガーさん２匹も来てくれたよ。これで匂いをしっかり探してもらえます。

「よし、それじゃあ、捜索する場所を決めるぞ」

パパがどんどん場所を決めていって、決まった人達から、台を使って壁の向こう側へ。僕達は探す場所が決まっているから、パパ達が全員お外に行く前に捜索を始めたよ。ヒョイって軽く飛んで、クタさんが壁の外へ。

「クタさん、いますかぁ？」

『ガウガア!!』

壁を挟んですぐ向こうから、クタさんの声が聞こえました。それで外に出たけど、まだ匂いはぜんぜんしないって。先に外に出たダイアーウルフさん達と、ブラックタイガーさん達も、まだ見つけていないみたいです。よし、どんどん探さなくちゃ。

リアと一緒に、出発!! って言って歩き始めます。でも、歩き始めてすぐに止まりました。だって僕達の後ろをついてくる人がいるんだもん。キーランさんです。

「何をしている、キーラン」

『私もこちらで探そうかと！ せっかくアルフ様にお会いできたので!!』

あっ、またくるん髪の毛を、手でフッと触った。そういえば最初、お話を始めた時も、フッてやっていたかも。なんでいちいち髪の毛触るんだろう？

「お前がいては、坊っちゃまの気が散る。キーラン、お前は旦那様と共に」

「いえ、私はこちらに……」

「いいから、旦那様の方へ行くように!!」

「そうですか……。では坊っちゃま!! また別の機会に、たくさんお話をいたしましょう!! その時に私についての話の続きを……」

「キーラン！」

ブルーノおじいちゃんにそう言われて、キーランさんはなんかスッスッスッて、爪先《つまさき》歩き？

みたいな感じで、パパ達の方へ歩いていきました。やっぱり変な人だね、キーランさん。

「クタさん、いるぅ？」

『ガアウァ』

キーランさんが行ってから、少し進んで、クタさんが側にいてくれるか確認。また少し進んでクタさんを確認。いつもクタさんは、僕と同じところにピッタリいてくれました。

そしてとっても嬉しいことと、残念なことがたくさんあったの。まずパパ達の方。ダイアーウルフさん達と、ブラックタイガーさん達、それからクタさんが、芋虫さんの泥の匂いを発見!!

それが嬉しいこと。

でもその芋虫さんのくさ〜い泥の匂いは、特別な水と混ざっちゃって、匂いがぼやけていたんだ。匂いが薄くなっていたり、他の色々な匂いと混ざっていたり。それにね、すぐにパパ達の方は匂いがまた消えちゃったの。これが残念なことでした。

でも匂いがしたってことは、やっぱりここにモルー達はいたんだろうって。林に入っちゃっているとダメダメだから、少し中を探してくる、パパ達はそう言って林の中に入っていったみたい。クタさんがそう教えてくれました。

僕達はそのまま壁を進んでいったよ。僕達の方の匂いも薄くなっちゃっていたけど、でも完全に消えてはいなかったんだ。このまま消えないでって、僕はお願いしながら進みました。

それでまた嬉しいことがあったんだけど、それもすぐに残念になっちゃったの。途中から芋虫さんのくさ〜い泥の匂いがとっても濃くなったって、クタさんが知らせてくれて。僕は嬉しくて拍手。でも……。

そのまま歩いて、昨日遊んだシマウ達の小屋の前まで来た時、急に匂いがなくなっちゃったんだ。僕はとってもがっかり。クタさんはすぐに周りを探してくれたんだけど、それからはぜんぜん匂いが見つかりませんでした。

なんで匂いがしたり、消えたりするの？

「またきえちゃった」

「ですが、ここまで匂いを辿ってくることができました。そうですね、壁の向こうはクタに任せて、私達は魔獣達の方へ行ってみましょう」

そうだ!!　匂いがしていたんだから、シマウ達がお兄ちゃんモルー達を見ているかも。ほら、サーイさん達は匂いに気づいていたもんね。

僕は急いでシマウ達の方へ。シマウ達は小屋から出て、柵の中で走ったり、寝転んだり、ご飯を食べていました。

「こんにちは〜!!」

僕が手を振りながら柵のところに。シマウ達はすぐに集まってきてくれたよ。

「あのぉ、おはなしがあります!!　おにいちゃんモルーたちがまいごでぇ」

「坊っちゃま、私が話を。お前達に聞きたいことがあるのだが」

ブルーノおじいちゃんが、今までのお話をささっとしてくれたあと、シマウ達は、ヒヒィー！　ヒヒィー！　みんなでお話を始めました。そして一番大きなシマウが前に出てきたよ。

『ヒヒィー、ヒヒヒィー、ヒヒヒィー』

何か騒いでいると思っていたら、そんなことになっていたのかって。会う魔獣さん達みんなにお話を聞いていたから、その時の鳴き声が少し聞こえて、なんで騒いでいるんだろうって思っていたみたい。

シマウ達も匂いに気づいていて、やっぱり芋虫さんが泥を作ったと思っていたって。壁のところで消える前の泥の匂いが、シマウ達のところにも届いていたんだ。でも誰も、お兄ちゃんモルー達を見ていませんでした。う〜ん、残念。

『ヒヒヒィー、ヒヒィ、ヒヒヒィー？』

「それがどうにもな。私達も不思議なんだが、またここで匂いが消えてしまった」

一番大きいシマウは、モルー達が心配だ、水で匂いが消えたのは分かるが、ここは水を一切撒いていない。それなのに、匂いが消えるとはどういうことだ？　そう言ったんだよ。

シマウ達は、臭いけど、サーイさん達のところほど我慢できなくはなかったから、明日お掃除に来る人に特別な水を撒いてもらおうって思っていたんだって。だから、まだ特別な水を撒いていないのに、どうして匂いが消えたんだろうって。

そうだよね。なんで特別な水を撒いていないのに、匂いが消えちゃったんだろう？

「においい、ぜんぜんないんだ」

『ヒヒィー、ヒヒヒィー』

シマウ達が、匂いをできる限り確認してくれるって。すぐに何頭かのシマウ達が反対側へ走っていってくれました。

「ほんとう？」

『ヒヒイ、ヒヒヒィー、ヒヒィー』

『ヒヒィー、ヒヒヒィー、ヒヒィー』

「そか!! よかったぁ」

あのね、今一番大きなシマウは、まぁ、迷子は心配だが、ご飯の心配はないだろうって。だから本当？ って聞いたの。

そしたらね、モルーのお父さんとお母さんが、食べていいご飯とダメなご飯をしっかり教えてくれていて、子モルー達はちゃんとそれを覚えているんだって。

だからもし子供だけで森や林で過ごしていても、ご飯は大丈夫なんだって。絶対に間違わないみたい。凄いねぇ。それによかったたぁ。ご飯を食べられるなら、元気でいてくれるかも。

少しして、向こうを調べてくれていたシマウ達が戻ってきました。

「においしたぁ？」

みんなが首を振ります。残念。周りの魔獣さん達にもお兄ちゃんモルー達のことを聞いてくれたんだけど、他の魔獣さん達も見ていませんでした。もう！　どうして匂いがしないの!!

＊＊＊＊

なるほど、ここまで離れて、ようやく半分を確認できる、か。俺が聞いていた以上だ。まさかここまで広いとは。この中にどれだけの戦力が揃《そろ》っていることか。しっかりと確認できれば楽だが、そう簡単にはな。

何しろここを管理しているのは、フェイビアン・エドガーと、フェイビアン・シャーナだ。少しでもおかしなことがあれば、すぐに気づかれてしまう。

それにこの魔獣園には、色々と仕掛けがしてあるようだからな。ちょっとやそっとの対策では気づかれてしまうだろう。

他にも問題が。エドガー達もだが、魔獣園で働いている者達も問題だ。はたから見れば、ただの飼育員に見えるが、実はそうではない。皆かなりの力を持っており、もし奴らと戦うことになれば、俺1人では太刀打《たちう》ちできない。

まぁ、全てではなくともどんな魔獣がいるか、少し分かっただけいい方か。なんとか、魔獣達を奪うことができればよかったが。

しかしそろそろ俺も戻らなければ。彼《か》の方《かた》への報告と、次の任務が待っている。だが、このまま何もしないで帰るのもな。最後くらい何かを仕掛けてもいいだろう？

そうだな、魔獣を使うか。どうせなら、奴らが楽しめるよう、それなりの魔獣がいいだろう。それに合う魔獣はなんだ？　今俺がすぐに呼ぶことができて、今の条件に合う魔獣……。

……ははは、いい魔獣がいるじゃないか。実験で生み出した、あの魔獣達が。数匹奴らに消されても問題はない。よし、奴らにしよう。

誰にも見られぬよう森の中に入り、少し開けた場所まで来ると、近くに誰もいないことを確認する。今顔を見られるわけにはいかない。何しろ俺には、まだまだやることが山ほどある。

準備が整い、あとは奴らを呼び出し、命令をするだけだ。

「……出てこい」

呪文《じゅもん》を唱《とな》え魔法が発動すると、目の前の地面に黒く光る円が浮かび上がり、その中からある魔獣が3匹召喚《しょうかん》された。よし、問題はないようだな。黒い光が消えると、一斉に魔獣達が鳴き声を上げる。

「煩いぞ、お前達。そう今から騒ぐな。これからお前達は、好きなだけ動けるんだからな。いいか、これから俺の言う通りに動くんだ」

俺は魔獣達に命令する。あの魔獣園を襲うように。すぐに飛び立つ魔獣達。俺はそれが飛んでいくのを確認し、自分は帰る準備を始める。本当はどう対処するか見ておきたいところだが、時間だ。これ以上遅れるわけにはいかない。

「まぁ、たいした被害は出ないと思うが、少しでも楽しんでくれ」

俺は転移魔法を使い、その場から離れた。

＊＊＊＊

『ん？』

『どうした？』

『いや、何か変な感じがしたんだが』

『そうか？　俺はしなかったが』

他にも聞いてみるか。我は大きな声を上げ、他の魔獣達にも聞いてみた。するとすぐにたくさんの魔獣から返事が来た。そう、我のように力のある魔獣達から。最初に答えたのはコケコだった。

『コケー!!　コケコー!!』

そうか、やはり一瞬だったが、変な感じがしたか。

『ヒヒーンッ!!』

なるほど、あちらでも感じたか。

『グアァァァッ!!』

続々と我の問いに答える魔獣達。皆やはり一瞬だったが、変な感じがしたようだ。まったく、皆変な感じがしたというのに、グリが気づかないとは。弟として情けない。

だが、それにしても、あの変な感覚はなんだ？　一瞬で消えてしまい、確認する暇もなく。

だが確認はできなかったが、どうでもいいもののようには……。

そのことも聞こうと思い、また質問しようとした我に、別の魔獣から連絡が来た。どうも魔獣が迷子になったらしい。なんで迷子になんかと思いながら、誰が迷子になったのかと聞き返せば、迷子になったのはモルーだった。なんでまた、迷子になどなったんだ。

『ピピャアァァ!!』

何？　そうなのか？　どうも迷子になったのは、アルフと仲がいいモルー達らしく、アルフもモルーの捜索に参加していると。まったく、アルフに迷惑をかけるなど。

しかし、見つかるだろうか？　何しろ小さいし、声は聞こえないしで、一度いなくなれば探すのがかなり大変な者達だぞ。もしも探しても見つからず、そのまま捜索が打ちきられれば、アルフはかなり悲しむんじゃないか？

どうにか見つけられないだろうか？　そうだな、この魔獣園から出て、隣の林と森に住んでいる魔獣達に探してもらうか。エドガー達も探しているが、全員で動けばもしかしたら。

そう考えていた時だった。それは突然、向こうの森から現れたのだ。

『兄貴!!』

『分かっている!!　が、なぜ奴らがここにいる!!』

この辺りには生息していないはずの魔獣が、なぜここにいる!!　しかも奴らは、こちらに向かってきているではないか!!

『気づいている者も多いだろうが、他の魔獣達に伝えろ!!　ワイバーンが現れたと!!』

すぐにそこら中の魔獣達が鳴き始めた。他の魔獣達も鳴き始め、我はアルフの位置を確認する。アルフは……、シマウのところか。あのシマウのリーダーならば大丈夫だとは思うが。

しかし、万が一ということもある。我はシマウに伝えた。もしもの時は我も攻撃すると。

＊＊＊＊＊

みんなでこれからどうしようかお話し中です。クタさんにも一度僕達のところに来てもらったよ。それで僕達はこれからもう少し、匂いが消えた場所と、シマウ達の小屋周り、他の魔獣さんの小屋周りを確かめてから、壁の続きを歩くことに。僕、諦めないで頑張って探すよ!!

それから、もしかしたらみんな、泣いているかもしれないでしょう？　助けて、ここだよって呼んでいるかも。だから、どんなに小さい声でも絶対に聞き逃さないように。それも頑張って聞くよ!!　耳の側でしか聞こえない声だけど、頑張る!!

そう僕が言った時でした。一番大きなシマウが、僕のことを見ながら、ん？　そういえば？って言ったの。

「どしたの？　もしかしてなにかきこえましたか!!」

『ヒヒヒィー』

違うって。なんだぁ、もしかしたら何か聞こえたのかと思ったよ。じゃあ、なぁに？

『ヒヒィ、ヒヒィー、ヒヒヒィー』

「なんだ？　声に関して何かあるのか？　それはなんだ？」

一番大きなシマウが、声で思い出したことがあるって言ったんだ。そして僕を見てきて、昨日のことを覚えているだろう？　って。昨日のこと？　何かあったっけ？

『ヒヒヒィ、ヒヒィー、ヒヒヒィ』

「それは本当か？　坊っちゃま？　何かの声をお聞きになったのですか？」

声？　なんの声だっけ？

『ヒヒヒィ、ヒヒィー、ヒヒヒィ！』

一番大きなシマウが首を柵から出してきて、ある場所を見ながら、昨日僕が餌をあげた時に変な声を聞いて、みんなで向こうを確認しただろう？　って。

あっ!!　そうそう!!　声ね！　うん、僕声を聞いたんだった。あれ？　聞いた？　でもシマウ達は、みんな聞こえなくて、僕の聞き間違えだと思ったんだよ。

「坊っちゃま、どんな声でしたかな？」

「う～ん、ごめんなさい。あんまりおぼえてない。でも、ママとか、すぐにとか、きこえました。あとはうんと……」

『ヒヒィー、ヒヒヒィー、ヒヒヒィ』

僕が考えていたら一番大きなシマウが、僕が聞いたかもしれない声は、もしかしたらモルー達の声だったんじゃないかって。

ええっー!!　みんなの声!?　だってみんなの声ならすぐに分かるよ。僕はみんなとたくさんお話ししてるもん。

それにとっても小さなモルーの声。これから頑張って聞いて探すって思っていたけど、今僕がいるシマウ達の柵のところまでは、聞こえないでしょう？　もう少し近くなら、聞こえるかもしれないけど。ここまでは無理だと思うんだ。

「いえ、もしかしたら坊っちゃまは、本当に声をお聞きになられていたのかもしれません」

ブルーノおじいちゃんは昔、5回だけ魔獣さんと特別なことがあったんだって。突然声が聞こえて、でも周りには誰もいなくて、とっても不思議に思っていたブルーノおじいちゃん、変だなぁって思いながら街へ。

そしてその街には、僕のお家みたいに保護している魔獣さん達がいたんだけど、その中の1匹が別の魔獣さんとお話ししていて、その魔獣さんの声が街に着く前に聞いた声と同じだったの。ブルーノおじいちゃんはその魔獣さんに、聞いたことを伝えてみました。

そうしたら今度は魔獣さんがビックリ。ブルーノおじいちゃんが聞いた話を、さっきまでしていたって。

それからブルーノおじいちゃんは、遠くから声が聞こえた魔獣さん4匹と出会って、家族になったんだよ。今もその魔獣さん達は、ブルーノおじいちゃんのお家で暮らしているんだって。

どうして遠くからでも声が聞こえたか、ブルーノおじいちゃんも、魔獣さん達も分かりませんでした。でもそのおかげで出会うことができて、そしてみんなと家族になれたから、とっても嬉しかったって。

だからもしかしたら僕も、ブルーノおじいちゃんと一緒で、お兄ちゃんモルー達の声が、離れていても聞こえたのかもしれないって。

ふわわっ⁉　僕、みんなの声を聞いていた⁉　でもみんなの声を知っているのに、僕気づかなかった。それに声の聞こえたところまで行かなかった……。

「ぼく、みにいかなかった……。みんないたかも。どうしよう」

昨日、僕がもっとよく調べていたら、みんなを見つけられたかもしれないのに。

「ぼく、ごめんなさい……」

「いいえ、坊っちゃまは分からなかったのですからいいのです。それに私も最初、遠くの話し声が聞こえた時は信じられませんでした。もしその魔獣に会うことがなければ、そのまま気のせいだろうと、坊っちゃまと同じことを考えていたでしょう。だからいいのです」

「でも……」

「しかもシマウ達も気づかなかったのだから、誰のせいでもありません。それよりも、もし本当に坊っちゃまが声をお聞きになられたのなら、ここまでモルー達が来たということ。匂いは消えていますが、これは新しい情報です！」

「あたらしい？」

「そうですよ。これでまた色々な探し方ができるかもしれません。ですから坊っちゃま、頑張ってモルー達を探しましょう！」

「いろいろさがせる？　……うん!!　ぼくがんばる!!」

そうだよ！　遠くのお兄ちゃんモルー達の声が聞こえるなら、また聞こえるかも。そうしたら今度はすぐに迎えに行ってあげられるよ!!　頑張らなくちゃ!!

それでとりあえず、声が聞こえた方へみんなで行ってみようって、歩き出そうとしたんだけど。その瞬間でした。魔獣園の魔獣達が、一斉に鳴き始めたんだ。とっても怖い声で。

6章　ワイバーン襲撃、僕の内緒の力

「どうしたのぉ？」

一斉に鳴き始めた魔獣さん達。一番大きなシマウとクタさんは鳴いていないけど、怖い顔をしています。

『ヒヒヒィッ!!』

『『ヒヒィッ!!』』

でもすぐにみんなの方を見た一番大きいシマウ。位置につけ!!　って叫《さけ》んで、他のシマウ達が、はいっ!!　って。柵に沿って、みんなちゃんと同じ距離を開けて並んだんだよ。

本当にみんなどうしたんだろう？　僕はもう1回聞いてみました。

「どうしたのぉ？」

「坊っちゃま、少々お待ちくださいね。リア。リアは坊っちゃまのポーチに入っていなさい。今は顔を出していてもいいですが、私が中に入れと言ったら、完全にポーチへ」

『ピピッ!!』

分かった!!　そう言って、リアが僕の頭から降りて、ポーチに入ってきたよ。それからブルーノおじいちゃんは、僕にその場から動かないように言ったあと、クタさんと一番大きなシマウと3人で、何かコソコソお話を始めました。

僕はお話を聞きたかったけど、でも動かないお約束だから、その場で止まったまんま。他の鳴いている魔獣さん達が、なんて鳴いているのか聞いてみます。そうしたら、何かが来たとか、なんでここにいるんだとか。

あとは、みんなそれぞれ避難しろ、小さい子達を小屋の奥へ!! 出てきていいって言うまで出てくるな、決められている通り自分の守る位置につけ!! いつでも動けるようにしておけ!! 合図をしたら一斉に攻撃しろ、って。色々なことを言っていました。

「ねぇ、リア。みんなどうしたの？」

『ピピピ、ピピ、ピピピッ』

「こわいのがきた？」

『ピピッ！　ピピピ、ピピ。ピピピ、ピピ』

『そか、それでちいさいこはひなんして、ほかのまじゅうさんたちはいつでもこげき？』

『ピピッ!!』

なんかねぇ、山の方に怖い魔獣さんが現れたんだって。でも気づいたのは力の強い魔獣さん達だけで。だから気づいた強い魔獣さん達が、他の魔獣さん達にお知らせしたんだ。

そして魔獣さん達は、子魔獣さん達や、あんまり戦えない魔獣さん達に、小屋に避難して隠れていろって。

他の戦える魔獣さん達は、いつでも怖い魔獣さんと戦えるように。シマウ達みたいに、自分達が攻撃する場所へ移動したんだ。

「こわいまじゅうさん、なんていうまじゅうさんかなぁ。こっちにくるかなぁ」

『ピピピ、ピピ。ピピ、ピピピ』

「うん、あぶないもんね」

僕達の方へ飛んでくるかは分からないけど、でも今はこっちに飛んできているんだって。だから注意しておいた方がいいって。

「おなまえ、わかるかなぁ？」

『ピピピ、ピピ』

みんないっぺんにお話しするから、声が混ざっちゃって分からないんだ。僕絵本で見たかなぁ？　僕ね、怖い魔獣さんがいっぱい書いてある絵本を持っているの。パパとママが、僕が大きくなって戦えるようになるまでは、絶対に逃げなくちゃダメな魔獣さんって言っていたんだよ。だからその絵本に、今飛んできている魔獣さんは書いてあるかな？　って。

『グギャアァァァ!!』

『グワァァァァ!!』

あっ、今の声はグーちゃんとグリちゃんだ!! グーちゃんは今、みんな位置についたか!! って言って、グリちゃんは、後ろの方も大丈夫か!! って言ったんだよ。

そうしたら、今まで騒いでいて、なんて言っているかあんまり分かんなかった魔獣さん達が、一斉にお返事して、魔獣園の中が静かになりました。

静かになったら、ブルーノおじいちゃんとクタさん、一番大きなシマウが戻ってきたよ。

「皆準備ができたようだな。さて、坊っちゃまをどこへお連れするか。一番近い安全な避難場所といっても、奴らがどこへ飛んでくるか分からないからな」

『ヒヒヒィ、ヒヒヒィ、ヒヒィ』

「そう言っていたのか? あまりにも色々聞こえていて、聞き逃したな」

『ガウァァ、ガアウア、ガウニャア』

「確かにここならば、攻撃が届くからな」

あのね、僕は怖い魔獣さんが街へ来ちゃったら、お家の中や魔獣園にたくさん隠れる場所があるから、そこに隠れなさいって、パパとママに教えてもらったんだ。ちゃんと誰か大人の人と一緒にだよ。どうしても周りに誰もいなかったら、1人で隠れるの。

ブルーノおじいちゃんは、どこに隠れるか考えていたんだけど、今一番大きなシマウが、ここにいた方がいいって言ったんだよ。

その方がもし怖い魔獣さんが来ても、シマウ達みんなで攻撃ができて、すぐに倒せるから安全だって。それにグーちゃん達にもそう言われたみたい。

クタさんも、ここの方がグーちゃん達の攻撃がしっかり届くからいいって。シマウ達の小屋の中にいたらいいんじゃないか、って言ったんだ。

「確かにお前達の言う通りかもしれん。では坊っちゃま、シマウの小屋へ……」

『ヒヒヒィ⁉』

『ガウアウ⁉』

今のは、なんだ⁉　どうした⁉　って。それから、動きがおかしい⁉　って。今度はどうしたの？　何かあったの？　もう！　早くお兄ちゃんモルー達を探さなくちゃいけないのに。どうして怖い魔獣さんはお邪魔するの‼

『ヒヒヒィ⁉』

『ガウアウ⁉』

え？　速くなった？　もう攻撃してきた？　そうしたらちょっと遠くの方でボンッ‼　って音がして、それから白い煙がちょっとだけモクモクって上がったの。

『ヒヒィー‼』

「ワイバーンがこげき？」

僕達のところに来ちゃった怖い魔獣さんは、ワイバーンだったよ。

『ヒヒヒィー!!』

「たいへん!? こわれちゃった!? おけが!?」

『ヒヒィ、ヒヒヒィー!!』

「ほんと？ ふぅ、よかったぁ」

あのね、門に近いところにブブっていう豚さんに似ている魔獣さんと、カピーっていうカピパラさんに似ている魔獣さんの小屋があるんだけど、そのブブさん達とカピーさん達の小屋を、ワイバーンが攻撃してきたって。

あのボンッ!! ていう音は、攻撃の音でした。だから僕、小屋が壊れちゃって、ブブさん達とカピーさん達がお怪我しちゃった？ そう思ったんだけど。

ブブさん達とカピーさん達の近くにいる、地球のホワイトタイガーと名前が同じで体もそっくりの、だけど大きさが地球のホワイトタイガーよりも2倍くらい大きいホワイトタイガーさん達が、雷と雪でワイバーンを攻撃して、みんなを守ってくれたって。

あのモクモク煙は小屋に攻撃が当たって出た煙じゃなくて、攻撃がワイバーンに当たった時のモクモクでした。ふぅ、よかったぁ。

それでワイバーンはその1回だけ攻撃されて、また進み始めたみたい。どんどん魔獣園の真ん中の方へ向かっているって。

「パパきてくれるかなぁ」

『ガウアウ！』

「そかっ‼」

今パパ達は、僕達の方へ来てくれているって。お兄ちゃんモルー達を探していて、ちょっと遠くまで行っていたから少し遅くなっちゃうかもしれないけど、その間は魔獣さん達がホワイトタイガーさんみたいに守ってくれるって。

「さぁ、坊っちゃま、小屋の方へ。頼むぞ、お前達」

ブルーノおじいちゃん、クタさんと一緒に、シマウ達の小屋へ。入ったら、すぐに出たり入ったりできるように、出入り口から一番近いシマウのお部屋を借りて藁の上に座りました。

「ワイバーンがいなくなったら、すぐにおにいちゃんモルーたちさがす？」

ワイバーンはドラゴンさんの仲間で、とっても怖い魔獣って、絵本に書いてありました。

「そうですね。なるべく早く、また探し始めたいですが」

「なんでワイバーンはきたのかなぁ？　ごようじはなにかなぁ？」

『ガウアウ、ガウアァ、ガニョウ』

「こわすのがすきなの？　ダメなんだぁ、ママにおこられちゃうよ」

クタさんが、ワイバーンは攻撃と壊すことが大好きだって教えてくれました。わざと壊すのはダメなんだよ。ママがと〜っても怒るの。パパも怒られるんだから。きっと今頃、ママはとっても怒っているはず。

そうだ!!　ママに怒ってもらえば、ワイバーン達はママが怖いって帰ってくれるかも!!　ママも来てくれないかな？　僕がそう言ったら、クタさんもブルーノおじいちゃんも困った顔をして、ちょっとだけ笑っていました。なんで？

小屋に入ってから、時々ボンッ!!　とか、バシィィィィッ!!　とか、ドカーンッ!!　って、いろんな音が聞こえます。魔獣さん達が戦ってくれている音だったんだけど、僕達の右の方から聞こえていました。

クタさんとブルーノおじいちゃんのお話では、魔獣園に来ちゃったワイバーンは、普通のワイバーンよりも強いし変な動きをしているから、なかなか攻撃が当たらないって。しかもその変なワイバーンが３匹もいるから大変みたい。

早くワイバーンいなくなってくれないかな？

＊＊＊＊＊

「遅かったな。それで向こうの様子は？」

「毎日決まった人間が出入りしている以外は、お前達がいた時と何も変わりはなかった。それと周りを詳しく調べてみたが、やはりそう簡単には入れないだろう」

「そうか。ならばあそこは後回しだ」

「待て。まだ話は終わっていない。あそこにあのワイバーン達を置いてきた」

「あれをか？　まだ生きていたのか？」

「ああ、ギリギリでな。それでさっき、奴らがあの力を使ったのを感じた。その後、奴らが戦っているのも」

「まさか!?　成功したのか!?」

「成功と失敗だな」

「どういうことだ？」

「奴らの結界《けっかい》を無理やり潜《くぐ》り抜けたせいで、体の組織の半分以上が損傷を受けた。奴らだから即死はしていないが、俺達があの力を使った場合は即死だろう」

「はぁ？　なんだ、その報告は。それでは役に立たないではないか」

「おい、これは凄い成果なのだぞ。元々死が近かった奴らだ。だが、何もせずにそのまま死なれたらもったいないだろう。それに体の組織の半分以上が損傷を受けても、結界を通ることはできたんだ。これは俺達の研究が全て間違ってはいない、ということの証明になる」

「ふん。言い方を変えれば、たいして今までと変わらないってことだろう」

「入れたってことが大事だろう。まぁ、お前には分からないか」

まったく、これだから力で全てを解決しようとする奴は。今回のことがどれだけ俺達にとって大切なことなのか、まったく分かっていない。まぁ、今はいい。だが、本当にこの力を手に入れられれば、お前も考えが変わるだろう。

それにまだだ。奴らは自分が長くないことを分かっている。そんな奴らが死ぬまでに何もやらないなんてことはない。くくくっ、魔獣園の奴らの驚く顔が見られないのが残念だ。

＊＊＊＊＊

お兄ちゃんモルー達大丈夫かな？　怖くて震《ふる》えていないかな？　ワイバーンがいなくなったらすぐにまた探すから、ちょっとだけ待っていてね。

ワイバーン達が来て少し経ったけど、まだ攻撃の音が聞こえていて、僕はお兄ちゃんモルー達が心配で、心の中でそう思っていたんだ。

そうしたらいきなり僕達の近くで、ドガガガガガッ!! って凄い大きな音がして、地面が少しだけ揺れたの。ブルーノおじいちゃんが僕を支えてくれて、クタさんが僕達の前に立って唸ったよ。

「なんだ!? どうしたんだ!?」

『ガウガァ、ガウアウ、ガウガァァァァ!!』

向こうにいたはずのワイバーンがみんな、いきなり僕達の近くに現れて、近くを攻撃してきたって。クタさんが説明してくれて、『ギャアァァァ!!』って、大きな鳴き声が聞こえました。

「坊っちゃまは、ここから動かずに。私はそこから様子を確認します」

ブルーノおじいちゃんが少しだけ横にずれて、小屋の小さな窓から外を覗きました。クタさんもブルーノおじいちゃんの隣に後ろ足で立って、一緒に外を見たよ。

「なんだ、あれは？ あれは本当にワイバーンなのか？」

『ガウガウ、ガウアァ、ガアウア』

「お前も見たことはないか」

『ガウアァ!?』

クタさんがブルーノおじいちゃんを引っ張って、それから僕の方へ来て、僕とブルーノおじいちゃんに覆い被さりました。僕はリアが潰れないように、ポーチを手で包みます。次の瞬間、ズバァァァンッ!!　バリバリバリッ!!　物凄い音と、物凄い風が吹いて。

風が少し弱くなってから目を開けて周りを見たら、シマウ達の小屋の屋根がなくなっていました。それから僕達の上を、大きなドラゴン？　鳥？　が飛んでいったの。うんとね、グーちゃんと同じくらい、とってもとっても大きな生き物だよ。今のがワイバーン？

クタさんが怖い顔で、今飛んでいったワイバーンは、普通のワイバーンとは大きさも色も違うから、パッと見ただけだと分からないかもって。でも感じる気配はワイバーンだから、ワイバーンで間違いないって。

僕はママに読んでもらった、魔獣の本を思い出します。ワイバーンって何色だったかな？　茶色と灰色が混ざった色だったっけ？　でも今飛んでいったのは、黒と白だったよ？

周りでいっぱい爆発音が聞こえて、時々とっても強い風が吹きます。風が止まった時にクタさんが僕の洋服を咥えて、まだ少しだけ屋根が残っているところに僕を連れていってくれたよ。それから様子を見て、ここから避難するって。グーちゃん達の方へ行くみたい。

でもそのあとなかなか、僕達はグーちゃんの方へ行けませんでした。ぜんぜん攻撃が止まらなくて、凄く強い風も止まらなくなっちゃったんだ。

クタさんとブルーノおじいちゃんが、どうやって避難するかお話しします。その時でした。僕達のすぐ近くで爆発が起こって、僕は大丈夫だったんだけど、クタさんとブルーノおじいちゃんが飛ばされちゃったの。

「おじいちゃん⁉　クタさん⁉」

「くっ……。坊っちゃま、お怪我は⁉」

「ぼく、だいじょぶ！」

「クタはどうだ⁉」

『ガウアウ！』

よかった。クタさんも大丈夫だって。でもブルーノおじいちゃんが、大きな木の板に潰されちゃったんだ。急いでクタさんが板をどかしに行きます。ブルーノおじいちゃん、お怪我してないかな？　どこか痛い？

僕はクタさんのお邪魔はダメダメ。だって板を動かせないでしょう？　だからその場から動かないで、クタさんを応援していました。その時……。遠くから小さな声が聞こえたんだ。

『おにいちゃ‼』

『ちーちゃん⁉』

え？　僕は声が聞こえた方を見ます。小屋が壊れているからお外がよく見えました。声は、まだお兄ちゃんモルー達を探していない、ちょっと向こうの壁の方から聞こえたよ。

『おにいちゃ‼　こわいよぉ‼』

『大丈夫、お兄ちゃんが一緒だよ。ちーちゃん、大丈夫だからね！』

お兄ちゃんモルーとちーちゃんの声？　聞き間違いじゃない？　僕はブルーノおじいちゃんのお話を思い出します。声。遠くでも聞こえる声。昨日はここで聞こえた声。

『おにいちゃ‼』

『ちーちゃん‼』

⁉　絶対に聞こえた‼　お兄ちゃんモルーとちーちゃんの声だ‼　そこにいるの？

僕が声のことをクタさんに言おうとした時でした。1匹のワイバーンがお兄ちゃんモルー達の声が聞こえた方を攻撃しちゃったんだ。

僕はドキッ‼　としちゃったよ。でもすぐにまたお兄ちゃんモルー達の声が聞こえて。怪我してない？　って聞こえました。

ふぃぃ。僕はため息。早く、早くお兄ちゃんモルー達を助けなくちゃ。僕は急いでクタさんに言おうとします。

でも今度は、僕達の方を攻撃されちゃって。ブルーノおじいちゃんの上に、また別の板が乗っちゃったんだ。クタさんが新しい板をどかしてくれます。ダメ、クタさんはブルーノおじいちゃんを助けてくれているんだもん。

僕はお空を見ました。あっ‼　ワイバーンがあっちに行った‼　ワイバーンがお兄ちゃんモルー達から離れたんだ。今のうちに僕が、お兄ちゃんモルー達を助けてあげなくちゃ。

僕はお兄ちゃんモルー達の声が聞こえた方へ走り始めました。でももう少しで壁のところに着きそうになった時、ワイバーンが戻ってきちゃったの。ううん、シマウ達の攻撃で、こっちに飛ばされてきちゃったんだ。

そしてお兄ちゃんモルー達の声が聞こえた方の壁にぶつかって、壁が崩れました。あっ、ちょうどあそこからお外に出られる!!

ワイバーンの攻撃は続いていたけど、僕は一生懸命に壁まで走って、崩れているところから外へ出ました。ワイバーンはね、僕の方を見なかったよ。シマウ達ばっかり見ていたから。だから僕、壁まで走れたんだ。

壁から出て周りをよく見ます。あ!! 草のところ、お兄ちゃんモルー達を発見!! みんないる!! よかったぁ。すぐにみんなのところへ行こうとします。でも……。

ワイバーンが色々なところに攻撃を始めちゃって、ちーちゃんが飛ばされちゃったんだ。そんなちーちゃんをお兄ちゃんモルーが追いかけて。

僕もお兄ちゃんモルー達に駆け寄ります。あっ!! ワイバーンが!! シマウの攻撃でまた、ワイバーンがお兄ちゃんモルー達の方に飛ばされて。

あと少し、あと少しで届くよ!! 僕はお兄ちゃんモルー達に手を伸ばして叫びました。

「モルーおにいちゃん‼　ちーちゃん‼」

2匹を手で掴んで僕は目をギュッと閉じます。ワイバーンが僕にぶつかると思ったから。でも……。

『お前達は何をしているんだ‼』

あれ？

＊＊＊＊＊

『じゃあ、そろそろ探すか！』

『うん、そうだね』

『じゃあ最初は、俺とお前と……』

『ちーちゃんとお前はここにいないとダメだぞ！』

『ここで僕達のこと待ってて』

『動いちゃダメなんだからな、とっても大切なお仕事なんだぞ』

『うん！　ちーちゃん、おちごとがんばりゅ‼』

『ここでしっかり待っててようね』

みんな元気になったから、もう1回木の実を食べて、それからまた順番に、壁の中に入るための穴か隙間を探しに行きます。

でもちーちゃんは小さいからここで待つ係なんだ。だってちーちゃんは一番小さいんだもん。探すのは僕達の仕事だもんね。

それから僕は、ちーちゃんと一緒に待っている係。僕がいなくなっちゃうと、ちーちゃんが寂しくて、不安になって泣いちゃうかもしれないから。でも次はちゃんと僕も探しに行くよ。

ここはシマウの声が聞こえる場所。僕達の小屋からシマウ達のお家までは、ちょっと遠い。もし中に入れても、ちーちゃんには頑張って歩いてもらわないと。でももし疲れて進めなくなっちゃったら、僕がおんぶしてあげなくちゃ。

そのためにも、もう少し元気になっておかなくちゃ。みんなを待っている間、木の実をもう1つ食べてもいいか聞いてみよう。

僕は行こうとしている一番お兄ちゃんモルーに、木の実を食べてもいいか聞いたよ。そうしたら2個も食べていいって。

『おにいちゃ、ごはん?』

『うん、もう元気だけど、もっと元気になるんだ！』

『ちーちゃは……、ちーちゃも。もっちょげんき！　いっちょたべりゅ！』

『うん。じゃあ半分こしよ』

1個ずつ食べようって、ちーちゃんに木の実を渡して、2匹で木の実をひと齧り。それから一番のお兄ちゃん達が歩き始めようとしました。

その時、魔獣園の魔獣達がいきなり鳴き始めたんだ。僕達はみんなビックリ。行こうとしていた一番お兄ちゃん達が戻ってきて、みんなで1カ所に固まって魔獣達がなんて言っているか聞こうとしました。

だけどみんなが一斉に大きな声で鳴いているから、最初ぜんぜん分からなくて。ちーちゃんは怖くなって、目に涙が溜まっちゃったよ。

『おにいちゃ……』

『大丈夫、大丈夫だよ。お兄ちゃん、絶対にちーちゃんと一緒にいるからね』

『うん……』

『いいかみんな、体に巻いたか!!』

『『うん!!』』

ちょうど僕達がいた壁のところに大きな草が生えていて、葉っぱが大きな草でね、長いツルがぐるぐる何本も伸びていたから、隠れるのにちょうどよかったんだ。

ツルを体に巻いてしっかりと縛れば、もし離れ離れになっちゃっても、ツルでここに戻ってこられるから、みんなでしっかりと縛り合ったよ。

『よし、いいか。みんななるべく動くなよ。それから……』

一番お兄ちゃんが話している時でした。やっと魔獣さんがなんて言っているか聞こえたんだ。

それを聞いて僕達はまたまたビックリ。

『ワイバーンが来てる⁉』

『ワイバーンって、ワイバーン⁉』

『グーちゃんやグリちゃんがやっつける、とっても強いワイバーン⁉』

『た、大変、でもワイバーンが来ちゃった⁉』

『お、おにいちゃ⁉』

『大丈夫、大丈夫だから‼』

僕はちーちゃんを抱きしめました。それから魔獣さん達の話していることを、もっとよく聞きます。今どの辺を飛んでいるとか、みんな攻撃の準備をしろとか、あっちに行ったぞとか。

大切なことを聞き逃さないように、みんなで頑張って話を聞いたんだ。でも少しして。

『グギャアァァ‼』

『ギャオォォ‼』

『グアァァ‼』

あれってワイバーンの鳴き声!?　1匹じゃない、3匹もいる!?　1匹だと思っていたから、またビックリしちゃいました。だって強いワイバーンが3匹も。

でもでも大丈夫だよね。この魔獣園には強い魔獣さんがいっぱいだもん。だからすぐに倒してくれるよ。そう思いながら、ちーちゃんを強く抱きしめた僕。

また少しすると、ズジャアァァァッ!!　バシイィィィッ!!　色々な音がして、強い風が吹きました。魔獣園のみんなが攻撃を始めたんだ。それで強い風が吹いたの。

『みんな葉っぱに掴まれ!!』

一番お兄ちゃんの声で、みんなが葉っぱに掴まります。どんどん激しくなる攻撃の音。それぞれの相手を威嚇《いかく》する鳴き声。すぐに1匹のワイバーンのやられた鳴き声が聞こえました。あと2匹!!　って、みんなで応援する僕達。でも……。

一番嫌なことが起こっちゃったんだ。ワイバーンの1匹が、なんと僕達の方へ来ちゃったの。僕達は小さいからワイバーンは気づいていなかったんだけど、周りで攻撃が始まっちゃって。

『おにいちゃ!!』

『ちーちゃん!?』

一瞬だったよ。ちーちゃんが飛ばされちゃって、ツルのおかげで途中で止まったんだけど、落ちた時に思いきり地面にぶつかって、ちーちゃん動けなくなっちゃったんだ。

僕は急いでちーちゃんのところに走ります。ちーちゃんのところに着いて怪我を確かめようとしたけど、向こうからワイバーンが飛んできたんだ。僕はちーちゃんを守るように覆い被さりました。ちーちゃん、ちーちゃんだけは僕が守るからね。絶対に守るからね。

アルフともう一度会いたかったなぁ。僕とちーちゃんの大好きなアルフ。アルフにもう1回抱っこしてもらいたかった。……アルフ、今までありがとう!! ちーちゃんのことよろしくお願いします。

なんかゆっくり飛んでくるように見えるワイバーン。それでももう、僕の目の前まで飛んできていて。僕は目を閉じました。

「モルーおにいちゃん!! ちーちゃん!!」

その時、アルフの声が聞こえた気がしたんだ。

＊＊＊＊＊

『グギャアッ!!』

『グワァッ!! グワアァァァ!!』

ん？ あれ？ 僕ブラブラしている？ それに頭の上で声がするよ。それから僕の前にはグリちゃんがいて、ワイバーン？　を足で押さえていました。

今ね、グリちゃんは、兄貴しっかり押さえたぞ、って。それからグーちゃんが、分かった！　アルフ、そのまましっかりモルー達を持っていろ、って言ったんだよ。

『グワァ、グワワ？』

「うん、きいてるよぉ。でも、ぼくなんでブラブラ」

今のはグーちゃんが、ぼけっとしているが、聞いているのか？　って言ったの。僕はさっき一生懸命に走って、それでモルーお兄ちゃんとちーちゃんを手で包んで抱きしめて、でもワイバーンが僕達にぶつかりそうになって？

「モルーおにいちゃん!!　ちーちゃん!!」

僕は急いでお兄ちゃんモルー達を確認しようとします。僕の包んでいる手の中から毛が溢れているし、もふもふした感じがしているけど、お兄ちゃんモルー、ちーちゃん大丈夫!?

『グワァ、グワワ、…ま、背中に乗せる』

ん？　確認するのはあとにしろ。今、背中に乗せる、って言ったよね？　でも途中から変な感じがした？

考えていたら、ブラブラしていた体がブワンッ!!　って上がって。そのまま僕はいつも魔獣さん達がしてくれる、投げられて背中に乗せてもらうやつをやってもらったよ。乗ったのはグ

ーちゃんの背中でした。

僕の頭の上でお話ししていたグーちゃん。やっぱりグーちゃんが僕の洋服を咥えてブラブラしていたみたい。

「グーちゃん、どしてここにいるのぉ？」

『どうしてではない！　いや、どうしては我のセリフだ。どうしてお前はこんな危ないことをしたんだ！』

「あぶない？　あっ!!　モルーおにいちゃん、ちーちゃん、だいじょぶ!?」

僕は変な感じのグーちゃんとのお話を途中でやめて、すぐにグーちゃんの背中の上で手を開きました。コロッと少しだけ転がったお兄ちゃんモルーとちーちゃん。２匹とも目を瞑っています。僕はドキドキしながら、もう1回２匹を呼びました。

「モルーおにいちゃん、ちーちゃん、だいじょぶ？」

最初にそっと目を開けたのは、お兄ちゃんモルーだったよ。お兄ちゃんモルーは目を開けたあと、ゆっくりと起き上がります。ちょっとだけボケッとしていたけど、すぐにちーちゃんを見て慌ててね。それで名前を呼びながら、ちーちゃんの体を揺すりました。

『ちーちゃん、ちーちゃん!!』

何回か名前を呼んで体を揺らして、

「……ん？」

ちーちゃんが起きてくれたよ。それからさっきのお兄ちゃんモルーみたいに、ゆっくり起きて、少しボケッとしていたんだけど、ハッ!!　として、お兄ちゃんモルーに抱きつきました。

『おにいちゃ!!』

『ちーちゃん、よかった!!』

うんうん、２匹ともよかったよかった。もう大丈夫だからね。

『おい、お前達。先にアルフに礼を言わないか。お前達を助けたのはアルフなのだから』

グーちゃんの声にビクッとするお兄ちゃんモルー達。それで抱き合ったまま、なんでここにグーちゃんがいるのかを聞いて、グーちゃんがため息を吐きます。

『はぁ、とりあえず飛ぶぞ。お前の方も問題はないな。これから総攻撃をかけるからな。我らは空からそれを見ていよう。アルフ、しっかりと掴まっていろ。２匹を頼むぞ』

「うん!!」

横を見たら、ペリンっていう、ペリカンに似ている魔獣さんがうんうん頷いて、先に飛びました。僕は急いでお兄ちゃんモルー達を服の中に押し込んで、グーちゃんの首に掴まります。

『お前達の仲間は、奴の口の中に入っていて無事だ。安心しろ』

そう言って、グーちゃんが飛び立ちます。他の子モルー達は、ペリンのお口の中に入っているみたい。僕達が飛び立つとすぐにグリちゃんが、押さえていたワイバーンを火魔法で燃やしちゃいました。

『あれ？　あれ？　アルフ？　どうしてここにアルフがいるの？』

『アルフおにいちゃ？』

『あとで説明してやるから、大人しくしていろ。今はこっちに集中だ。皆の者、聞こえるか!!』

グーちゃんがそう言うと、お兄ちゃんモルー達は静かになって、魔獣園の魔獣さん達がみんな一斉に鳴きました。

『奴らの気配はしっかりと感じるな!!　今シマウ達が奴らを1カ所に止めている!!』

あれ？　倒したと思っていた2匹が、また起き上がっていました。あっちの1匹、グリちゃんに燃やされてなかった？

『シマウ達を攻撃せずに、ワイバーンのみを遠距離攻撃できる者は、我の合図で一斉に攻撃をしろ!!　ここにはアルフがいることを忘れるな!!』

また一斉に鳴いた魔獣さん達。う～ん、鳴き声？　やっぱりいつもと違うよ。いつもはなんとなく、みんなの言っていることが分かって、鳴き声と言葉が混ざっている感じだったの。でも今は言葉だけがはっきりと聞こえるよ？

『……よし、そろそろだな。今だ!!　放てぇぇぇっ!!』

グーちゃんがそう言った途端、色々なところから、色々な魔法が飛んできました。鋭く尖《とが》った氷の塊や炎のボール、光の線みたいなやつに平べったい丸でしょう。他にもいっぱい。

そしてその飛んできた魔法は全部、ワイバーンの方に飛んでいくと、色々な光が溢れて、そのあとモクモクモクって煙が。ワイバーンもシマウ達もみんな見えなくなっちゃいました。

でも少ししてグーちゃんが、確認するのに邪魔だって風魔法で煙を消したら、下にはシマウ達が走っていたけど、ワイバーンはいなくなっていました。

「ワイバーン、きえちゃったぁ？」

『いや、しっかりと攻撃が当たって、その辺に転がっているだけだ。もう大丈夫だぞ。奴らはもう何もできない』

「みんなたおした？」

『ああ』

「もう、こげきない？」

『ああ。もう誰も攻撃してこない』

「そか!!　えと、みんな、ありがとございます!!」

僕は攻撃してくれた魔獣さん達に、ありがとうをしました。僕がありがとうをしたってグーちゃんが魔獣さん達に伝えたら、みんな、どういたしましてって、お返事してくれたんだ。

「ワイバーン、みんながたおしてくれたけど、いろいろボロボロ〜」

『まぁな、それは仕方がない。お前の父親や他の者達に直してもらえばいい』

「うん!!」

『ん？　そろそろお前の父親が到着するな。我々もそろそろ下へ降りよう。そして父親に話をして、モルー達を確認しなければ』

「あ!!　ブルーノおじいちゃんが、いたでつぶされちゃったの。グーちゃんたすけて」

『ああ、それならば大丈夫だ。一緒にいたブラックタイガーがもう助け出して、少し離れたところにいる。怪我もしていないようだ』

「そか!!」

『よし、それじゃあ下へ降りるぞ』

ゆっくりと下へ降りていくグーちゃん。降りながら僕はグーちゃんにお話ししました。みんなの言葉が、綺麗に聞こえるようになったよって。そうしたら急にグーちゃんが止まって、なんかとっても慌てて、僕に聞いてきたよ。

『聞こえるとはどのくらいだ!!　そうだな、今から我の言ったことを、そのまま同じように言ってみろ！　グーちゃん、一緒、楽しい!!』

「うんとねぇ、グーちゃん、いっしょ、たのしい!!」

『他の魔獣達は、まぁまぁ楽しい‼』

「ぼく、みんなたのしいよ？」

まぁまぁって、ちょっとってことでしょう？　パパ達が言っていたもん。僕はちょっとじゃなくて、グーちゃんも他の魔獣さん達と遊ぶのも、いっぱいいっぱい楽しいよ。

そう言ったら、グーちゃんがなんか『チッ』ってしたあとに、ボソッと言いました。

『あとでもっと別の方法でアピールしよう』

「グーちゃん、なんていったのぉ？」

『いや、なんでもない。そうか、しっかりと話ができるようになったか。しかしなぁ、嬉しいが困った。父親に会う前にブルーノに話した方がいいな』

そのあと、なぜかとってもニコニコのグーちゃんは、急いで下へ降りていって、シマウ達の小屋があった場所から、ちょっとだけ離れたところに降りたよ。そこにブルーノおじいちゃんとクタさんがいたの。

「坊っちゃま‼」

「ブルーノおじいちゃん‼」

ブルーノおじいちゃんが僕をギュッと抱きしめてくれました。嬉しかったけど、お兄ちゃんモルーとちーちゃんがいるって言ったら離れてくれたよ。それにね、嬉しかったのに、そのあとは怒られちゃいました。

なんで何も言わないで、勝手にどこかに行ったのかって。１人で行ってワイバーンに攻撃されたらどうするんですかって。

ちゃんと言ってくれれば、クタさんが行ったし、シマウの誰かが行ってくれたかも。これからは絶対に、１人で動かないでくださいって。他にもとってもとっても怒られちゃいました。

「ごめんなさい……」

「分かってくれたのならいいのですよ。ですが、本当にこれからは気をつけてくださいね」

「うん……」

僕はしょんぼり。僕ね、頑張って走ったんだ。それでお兄ちゃんモルー達を守れたけど、どこにも行かないお約束破っちゃった……。

『話はそれくらいに。アルフもしっかり分かったようだからな。それにアルフのおかげでモルー達は救われた。そこは褒めてやれ』

「分かっている。坊っちゃま、よくぞモルー達を守ってくれましたね。危険でも勇気を持って行動できる、動けることは大切なことです。本当に頑張りましたたな」

「僕頑張った？」

「ええ、頑張りました」

ブルーノおじいちゃんがニコニコ笑って、僕の頭を撫でてくれて。僕は、今度は嬉しくなってニコニコです。

『よし、この話は一旦終わりに。それよりも問題が発生した。いや、我らにとっては、とてもいいことなんだが』

「なんだ、ハッキリとしないな。何が起きたんだ？　まさかまだ敵がいるのか？」

『いや、敵はもういない。そうではなく、我らにはいいことだと言ったろう』

「いいこと？　この現状でか？」

『実はアルフが、しっかりと我々の言葉を理解できるようになった。鳴き声と混ざることなく聞こえていると。今も我と普通に会話をしたのだ』

「本当か!!　まだこんなに幼いのに、それほどの力が」

『だが、他に漏《も》れると困るだろう。それに両親に教えるのも』

「そうだな。まずはこうバタバタしていない状態で、旦那様方と話をしなければ」

『今こちらに父親が向かってきている。もうすぐ着くが、アルフに言葉のことを話さないよう、お前から伝えてくれ』

「分かった」

グーちゃんとブルーノおじいちゃんのお話が終わるのを待っていた僕。終わったんだけど、今度は僕とお話だったよ。

僕、魔獣さんの言葉が、鳴き声が混ざっているんじゃなくて、普通に聞こえるようになったでしょう？　そのことをまだ誰にもお話ししちゃダメって言われました。

えとね、パパとママにもお話ししちゃダメなんだって。僕、パパとママにお話ししたかったんだぁ。でもダメみたい。

ブルーノおじいちゃんも魔獣さん達とお話しできるでしょう？　でもみんなに内緒。パパ達もブルーノおじいちゃんがお話しできることを知りません。時々お話しできる人はいるんだけど、話せない人の方が多いから、話せるって分かるとみんなとってもビックリしちゃうの。

だから、もしかしたらパパ達もビックリして、尻餅をついちゃうかもしれないんだって。それでお怪我しちゃったら大変。だからお怪我をしないように、僕が話せるよってお話しする前に、準備があるんだって。その準備が終わるまで僕は内緒じゃないとダメみたい。

お怪我したら大変。治してもらえるけど、お怪我しない方がいいもんね。

「では、準備が終わるまで待っていてもらえますかな」

「うん!!　ないしょ、ぼくないしょ!!」

「そうです、内緒です」

「ふふふ、ないしょ」

ないしょ、ちょっと楽しいかも。でも準備が終わってパパ達にお話ししたら、パパ達ビックリ。それで喜んでくれるかなぁ。

「では、モルー達を確認しましょうか。あの道具小屋の方へ行きましょう」

「うん!!」

僕はボロボロになっていない、道具がしまってある小屋の方へ走ります。

『尻餅と怪我と準備か。アルフには分かりやすくてよかっただろう。いい説明じゃないか』

「そうだろう。あとは、旦那様方にはお話しするが、どうやって外部に漏らさないようにするかだな。大きくなれば自分で対処できるだろうが、まだまだ坊っちゃまは小さい」

『ふん、それは我々がいるから問題はないだろう』

「今回のようなこともあるんだぞ」

『むっ、それはまぁ』

「おじいちゃん！　グーちゃん！　クタさん！」

『今行く!!』

「今行きますよ!!」

「もう、だしてもいいですかぁ？」

「ここなら大丈夫でしょう。一応小さいですが柵も置きました。慌ててしまって、どこかへ走っていくことはない。出してあげてください」

「はい!!」

少し移動した僕達。僕は押し込んでいたお兄ちゃんモルーとちーちゃんを外に出すために、服の中に手を突っ込んでゴソゴソ。1匹ずつむんって掴んで、柵の中へ出しました。

最初に掴んだのはちーちゃんでした。出た途端に、柵の中をぐるぐる走り始めたよ。

『おい、慌てるな』

グーちゃんが声をかけたけど、ぜんぜんちーちゃんは止まってくれません。急いでお兄ちゃんモルーを洋服から出す僕。さっきみたいにむんって掴んで、柵の中に入れました。

そうしたらお兄ちゃんモルーも走り出しちゃって。柵は丸くしてあったんだけど、その丸に沿って2匹が反対に走っちゃったから、ゴチンッて頭と頭がぶつかって、そうしたらやっと止まってくれました。

『イタタタ……、ハッ!?　ちーちゃん？　ちーちゃん!?』

『いちゃちゃ……、おにいちゃ？　おにいちゃ!!』

2匹がギュッと抱き合います。うんうん、よかったよかった。一応落ち着いたから、他のモルー達も出してしまおうってグーちゃんが。ペリンにみんなを柵の中に出せって言いました。

ペリンが柵の中に口を出して、口を大きく開けたら、少ししてそろそろ、そろそろ、モルー達が出てきたよ。お兄ちゃんモルーとちーちゃん、それから出てきたモルー達、全部でえっと……8匹!! いなくなっちゃったモルーは全部で8匹だっけ？

僕がブルーノおじいちゃんに聞いたら合っているって。ふぃぃ〜、よかった！ 全員ちゃんと見つけられたよ!!

『ここは？』

『僕達真っ暗な中にいたよ？』

『今度は何？』

『あっ！ お前達!! 無事でよかったぞ!! でも、ここはどこなんだ？』

『えと、僕もよく分からないの。でもアルフの声は聞こえた』

『アルフのおにいちゃのこえ!!』

『アルフの？ とりあえずここを確認しないと。真っ直ぐに歩いて……』

『お前達、こっちを見ろ』

お兄ちゃんモルー達がお話を始めて、また歩き始めようとしたから、グーちゃんが話しかけたの。みんながぴょんって少しだけ飛んで、全員でわっ!! と集まって固まりました。それからそっと僕達の方を見て、

『あれ？　本当にアルフがいる』

『グーちゃんもいるよ？』

『オレ達、葉っぱのところで隠れてたよな？』

『お前達、少し落ち着け。今から何があったか話してやる。だからその話が終わったら、お前達の話を聞かせろ』

グーちゃんがワイバーンのことと、それから僕達のことを、モルー達に話してくれました。話を聞いたみんなはビックリ。

でもグーちゃんから聞き終わったら、みんな横1列に並んで、僕達にありがとうをしてくれました。お兄ちゃんモルーとちーちゃんは、僕にもう1回ありがとうをしてくれたの。

『僕、あの時のこと、少しだけ覚えてる。ワイバーンにやられそうになった時、アルフにもう1回会いたいなぁ、って思ってたんだ。そうしたらアルフの声が聞こえて。ううん、聞こえた気がしたんだけど。あの時の声は本当にアルフの声だったんだね。アルフ、僕とちーちゃんを助けてくれてありがとう』

『アルフおにいちゃ、ありがちょ!!』

「どいたしまして!!」

ワイバーンのお話をしたあとは、モルーお兄ちゃん達がどうしてここまで来ちゃったか、お話を聞きました。

そうしたら、みんなの考えていたことが、ほとんど合っていたんだ。モルー達の小屋で穴が開いているのに気づいて、そこからちょっと遊びにお外に出て。

道具が置いてある小屋の中に入って、みんなで遊んでいたら、ちーちゃんがいなくなっちゃったの。小屋の穴から出たのはちーちゃん、窓から出たのはお兄ちゃんモルー達でした。

そしてお兄ちゃんモルー達が向かったのは、あの芋虫さんのところ。そこでちーちゃんと会えて、よかったねぇってなったあと、みんなでモルー達の小屋に帰ろうとしたんだけど、反対の方へ進んじゃって。

今度は、壁の隙間から本当のお外に出ちゃったんだ。臭いし壁の中に入れないし、それでもずっと進んだお兄ちゃんモルー達。あのくさ～い匂いを消せる特別なお水と、隙間を探しながら歩きました。

そうしたら特別なお水が、突然降ってきたんだよ。そのお水で綺麗になった兄ちゃんモルー達は、また隙間を探しながら歩いてきました。そうしたらワイバーンが来ちゃったの。

『やはり、俺達の考えていたことは大体合っていたな。ここで匂いが途切れたのは、一旦は匂いがついたままここへ来たが、戻った場所で水を浴びて再びここに来たため、途切れたように感じたのだろう』

「あの水を浴びると、元々の匂いまで一定時間消えてしまうからな』

「においきえる？」

『ああ、あの水は臭い匂いを消してくれるが、本人の匂いも消してしまうんだ。だからここへ来ても、皆の匂いが見つけられなかった』

「ぼくのにおいもきえちゃう？」

『ああ、アルフだけではなく、皆の匂いが消えてしまうぞ。1～2日くらいな。そのあとは元に戻る。あの水はなんでも匂いが消えるんだ』

「ふ～ん」

そか。じゃあ、あの匂いも消えるかなぁ？

『はぁ、お前達。二度とこんな、黙って外へ行くようなことはするな。どれだけ皆に迷惑がかかったと思っている？　挙句、死んでいたかもしれないんだぞ。お前達だけでなくアルフもだ。もし、本当にそうなっていたら……』

『ごめんなさい……』

『『『ごめんなさい……』』』

『いいか、本当に二度とこんなことはするなよ』

『うん、絶対にもうしない!!』

『『しない!!』』

『ちーちゃんも、ちない!!』

お兄ちゃんモルー達が、僕とグーちゃん達にごめんなさいをしました。うん、じゃあこれは終わり。だってパパとママは、どうして怒られたか考えて、ちゃんとそれが分かって、ごめんなさいができたら、もう怒るのは終わりだって。

でもまた同じことをしたら、もっともっと怒られちゃうんだよ。それでおやつが3回食べられなくなっちゃうの。だからみんな、もう絶対にしちゃダメだからね。

『おやつは大事』

『なくなるのはダメ』

『おやつなくなる!? もうしないよ！』

『ちーちゃんのおやちゅもない？』

『今度同じことで怒られたら、なくなっちゃうかも』

『たいへん!! おやちゅない!?』

『みんな、気をつけるぞ!!』

『『うん!!』』

『……まぁ、反省したのはいいが。そのあとのおやつっていうのはどうなんだ？』

「まぁ、いいだろう。それで気をつけてくれるのなら。あとはこのことを旦那様にどう伝えるかだが。坊っちゃまのこともあるから、今は簡単な説明をしておくか。細かい説明は坊っちゃまの話の時に」

「おい!!　アルフ!!　アルフ!!　どこにいるんだ!!」

ちょうどみんなのごめんなさいと、おやつのお話が終わった時でした。向こうからパパの声が聞こえて、僕は声の聞こえた方へ行こうとしたよ。そうしたらブルーノおじいちゃんが、お約束覚えていますかって。

うん!!　準備？　が終わるまで、魔獣さん達とお話しできるのは内緒!!　ちゃんと僕覚えているよ。そう言ったらブルーノおじいちゃんがニコって笑って、パパを呼んでくれました。

「旦那さま!!　こちらです!!」

パパが僕達に気づいて、他の人達と一緒に走ってきました。それで僕のことをギュッと抱きしめてくれたよ。

「アルフ、大丈夫だったか!?　どこか怪我は!?　一体何があった!!」

「パパ、ぼくだいじょぶ。それにおにいちゃんモルーもみんなだいじょぶ」

「え？　モルー？　モルー達を見つけたのか!?　いや、じゃあ、あの攻撃は？」

「旦那様、落ち着いてください。今私が説明を。こちらへ来ていただけますか」

僕達に小屋から離れるなって言ってから、パパ達はブルーノおじいちゃんと一緒に、ボロボロになっているところへ。でも何人かは、シマウ達を集めて僕達のところへ連れてきたよ。柵も小屋も壊れちゃったから、直すまで別のところへお引越しだって。これじゃあゆっくり寝られないし、柵の中で自由に遊べないもんね。

それからまた少しして、今度はママの声が聞こえました。僕は声が聞こえた方を見ます。そうしたらママが、ファイヤーホースに乗って走ってきました。

「ママー!!」

「アルフ!!」

ママは僕達の前で止まると、ヒラッとファイヤーホースから降りて、僕をパパみたいに抱きしめたよ。

「アルフ、キャリアバードから連絡をもらって、ママとっても心配だったのよ」

「あのねぇ、みんなげんき!!」

「そうね、元気ね。はぁ、本当に心配したわ。それでこの魔獣園を、そして私の大切な子を危険に晒《さら》したバカは、どこにいるのかしら?」

ん? あれ? なんかちょっと寒くなったような? それに。

「ま、ママ、く、くるし!」

「あ、あら、ごめんなさいね。ママ、アルフが無事で嬉しくて、抱きしめすぎちゃったわね」

ママが僕を離してくれました。ふぃぃ～、苦しかったぁ。

「それでその襲ってきたバカな魔獣はどこに……」

『グ、グワァッ！　グワァ、グワワ』

「どうしたの？　何か私に？」

「まじゅうは、われらでたおした！　パパたちは、むこうでおはなし、っていったの。たぶん！

あのねぇ、まじゅうさんたちすごかった!!　バーンッ!!　って」

僕はブルーノおじいちゃんとお約束だから、お話しできるって言わないで、いつもみたいにたぶんって言いました。

「あら、そうなのね。じゃあママもパパ達の方へ、ちょっと行ってくるわね。それでパパと、無事だったモルー達をどうするか話してくるわ」

そう言ってママはパパのところへ。それから1回だけバンッ!!　って音がして。

「こいつらが原因ね」

ってママの声が聞こえたの。僕とお兄ちゃんモルー達はビックリ。またワイバーンが攻撃してきたと思ったの。でも今のは、ママが魔法を使った音だって。よかった、ワイバーンじゃなくて。

あれ？　でもママはどうして魔法を使ったのかな？　それにどうしてグーちゃんもクタさんも、それからシマウ達も、変な顔をしているの？

ママは魔法を使ってから、僕達のところに戻ってきました。パパ達はまだまだ忙しいから、ママと僕達で、モルー達を小屋に連れていってあげましょうって。

僕はグーちゃんに乗って、お兄ちゃんモルー達も一緒に乗って。ママはファイヤーホースに乗って。クタさんとリアも一緒に小屋まで行くよ。ブルーノおじいちゃんはここに残るって。

ブルーノおじいちゃんにバイバイをして、モルーの小屋へ出発!!　小屋に向かう途中で、色々なところが壊れていました。道具やご飯をしまってある小屋、それから魔獣さん達の小屋も壊れていたよ。みんなワイバーンのせいだって。

でもモルーお兄ちゃん達の小屋がある方は、壊れているところはありませんでした。こっちにはワイバーンが来なかったの。そしてモルー達の小屋に到着です。グーちゃんから降りたら、お父さんモルー達が僕達の方を見てきました。

『息子よ!!』

『私の可愛い子!!』

『パパ!!　ママ!!』

ママがみんなを降ろして、扉を開けてあげたら、お兄ちゃんモルー達が小屋に走り込んでいって、みんなで抱き合ったよ。

『もう!!　どこへ行っていたの!!　ママ、とっても心配したのよ!!』

『どうしてこんなことをしたんだ!!　無事でよかった!!』

『パパ!!』

『ママ!!』

お兄ちゃんモルー達、またごめんなさいです。いっぱい怒られて大変。でもさっきみたいにちゃんとごめんなさいしているから、もう怒られるの終わるはず。

少しお父さんモルー達が静かになったから、グーちゃんがお父さんモルー達に、何があったのかお話ししてくれました。お話を聞いたお父さんモルー達は、僕とグーちゃん、他のみんなに何回もありがとうをしてくれたよ。

『本当になんとお礼を言ったらいいか』

『子供達を助けていただき、ありがとうございました』

『この恩《おん》はいずれ』

『気にするな。ここに住んでいる者は、皆家族だからな』

「お話は終わったかしら？　じゃあモルー達も疲れているでしょうし、今日は帰りましょう。今簡単に調べたけれど、怪我は大丈夫だったわ。詳しくは明日ね」

モルー達が並んで、みんなで一緒にお辞儀をしました。僕も一緒にお辞儀。お疲れ様でした!!

こういう時はそう言うって、パパが言っていたもん。

それからみんなで小屋から出て、グーちゃんもクタさんも自分の小屋へ帰ります。

『それじゃあ我らも帰るぞ。アルフ、我のところへ遊びに来い』

「うん!!」

『俺のところにもな』

「うん!!」

『これから楽しくなりそうだ！』

そう言って、グーちゃんとクタさんは帰っていったよ。リアはこのまま僕のお家に行きます。

リアのお母さんが僕のお家に飛んでくるから、そうしたら一緒にお家に帰るって。

ママと一緒にファイヤーホースに乗って、モルーお兄ちゃん達に手を振って、そうしたらモルーお兄ちゃん達が手を振り返してくれました。さぁ、お家に出発!!

うん、モルーお兄ちゃん達が見つかって、みんな怪我をしなくてよかったぁ。

＊＊＊＊＊

「おいおい、まさか。それは本当なのか？」

モルー達の捜索、そして突然のワイバーンの襲撃は、魔獣達のおかげで無事解決することができた。が、その後は色々やることがあり、ようやく休憩を取るために家に帰ってきたのは、事件が起きてから3日目のことだった。

色々とは、魔獣達の怪我の確認や、あの不気味《ぶきみ》なワイバーンの死体の回収、そして破壊されてしまったシマウ達の小屋や柵、道の補修など、まぁ色々だ。

そして家に帰ってきた俺を待っていたものは、これまた色々な報告だった。まずモルーだが、事件の次の日にシャーナが診《み》たところ、大きな問題は見つからず、所々に擦《す》り傷があったため、治療して終わらせた。

モルー達が皆、無事に戻ってきてよかった。もしも何かあれば、アルフがとても悲しんだだろうからな。しかし、まさかモルー達を見つけて助けるために、アルフがワイバーンとモルーの間に入っていったとは。それを聞いて、どれだけ俺が驚いたことか。

グー達のおかげでアルフは無事だったが、もしもグーがいなかったらと思うとゾッとする。アルフ達を守ってくれ、ワイバーン討伐の指揮もしてくれたグー。そして戦ってくれた魔獣達には、あとでお礼をしなければ。

そして問題のワイバーンだが、普通のワイバーンではなかった。変異種なのかと言われれば、今までの変異種になったものとは違い、まったく見たことのないワイバーンだった。

本来なら灰色で、時々茶色が混ざった奴もいるが、今回襲ってきたワイバーン達は、黒を基本に所々白い模様が入った奴だった。こんなワイバーンが今までにいたか？　他の国だってないだろう。

しかも、ワイバーンの現れた状況といい、攻撃といい、普通のワイバーンと少し違うようだ。一体どんなワイバーンだったのか、これから死体を調べ、もしまた次に襲ってきた場合の対策をとらなければ。

また修復に関する報告を読んだ俺は、それに対する指示を出した。ようやくこれで少しゆっくりできると、寝る準備を始めようとしたんだが。夜遅くにもかかわらず、俺に話があると、ブルーノが訪ねてきたんだ。

時間を気にせずに、ブルーノが訪ねてくるなんて珍しかったからな。俺はすぐに家に上げたのだが、ワイバーンもまずいが、まさかそれ以上にまずい話を聞くことになるとは思っていなかった。

その話を聞いた時の、俺とシャーナの反応といったら。まさかアルフが魔獣の言葉を理解しているなんて。しかも、ブルーノまでもがそうだと言うんだから。

「ねぇ、ブルーノ。それは本当なの？　アルフのいつものたぶんではなくて？」

「これは事実です。坊っちゃまはしっかりと、魔獣達の言葉を理解しております」

「……そうなのね。あなたが言うのだから、嘘ではないのよね」

「はぁ、まさかアルフが魔獣の言葉を理解しているなんて。しかもお前まで。だからお前の側にはいつも魔獣達がいたのか？　戦っていた時も、お前達の連携は群を抜いていたからな」

「そうですね。私は魔獣によっては、遠く離れていても会話ができましたので。そしてそれは、お話しした通りアルフ様も」

「魔獣が大好きなアルフにとっては嬉しい能力だが、国に知られるとまずいな。最悪、連れていかれる可能性がある。あいつはそんなことはしないが、他の国は問題だ。それに他にも狙ってくる連中がいるだろう」

ブルーノから知らされたアルフとブルーノの能力。この世界には、稀《まれ》に魔獣の言葉を理解する能力を持った者が生まれてくる。が、本当に稀な存在だ。

国としては、自国の防御強化や、他国が攻めてきた時、魔獣達が攻めてきた時、よからぬ連中が攻めてきた時の攻撃力として、その力を欲している。今俺達の国では、魔獣の言葉を理解する者が2人働いている。

だが国のためだからといって、この国の俺達の王は、無理やりそういった者達を働かせることはない。あくまでも自分から国に仕えると言った場合のみ、働いてもらっている。

だが他国では……。無理やり家族から引き離し、働かせている国も。

そういった能力を求めているのは、何も国だけではない。そう、よからぬ者達だ。国の転覆を狙うもの達、盗賊に海賊、その辺のゴロつきまでもが、その能力を自分達のために使おうとしているのだ。

つい先日も、攫われそうになった子供が、能力が誤報《ごほう》だったため、その場で殺されそうになったが、なんとか騎士隊が間に合い、助けることができた。

こういうことがたびたび起こっているため、国でも対策をとらないとダメだと、今まさに、対策について話し合いが行われているところだ。

「はぁ、アルフにはしっかりと話をしないといけないが、まだまだ幼い3歳の子供だ。確かに普通の3歳よりも理解する能力は高いが、それでも」

「そうね。もう少し理解できるまでは、私達がしっかりとアルフを見守らないと」

「それにしても。ブルーノ、お前がいてくれてよかった。お前が見てくれていたから、今までアルフは無事でいられたんだ。ありがとう」

「ブルーノ、ありがとう」

「いいえ。私もこの能力に苦しんだ時期がありましたから、少しでも坊っちゃまのお力になれたらと。そしてこれからも」

「それはもちろん。いや、これからも是非《ぜひ》頼む。守ってくれるのも嬉しいが、能力のことになれば、同じ力を持っているブルーノに教わることは多いだろう」

「私からも頼むわ。アルフの、あの子の支えに」

「ええ」

「はぁ、それにしても、今回は色々なことが重なりすぎだ」

「そうね、ワイバーンのことも問題だし」

「あの、よろしいでしょうか」

「なんだ？　まだ何か問題が？」

「いいえ。先ほどのことなのですが。準備が整ったら、アルフ様と話す約束をしたと」

「ああ、そのことか。それがどうかしたのか？」

「注意する前に、坊っちゃまと共に、喜んでいただきたいのです。この力は魔獣が大好きな坊っちゃまにとって、とても素晴らしい能力。嬉しくて仕方がないのです。それを旦那様方にお話しするのを、楽しみにしておられます。ですから難しい注意をする前に、共に喜んでいただきたいのです」

「ああ、そういうことか。それはもちろん。なぁ」

「ええ、まずは一緒に喜ばないと。素晴らしい能力なのは間違いないのだから」

「そうだな。みんなでたくさん喜ぼう！」

はぁ、色々あったあとに一番の衝撃があるとは。だが……。アルフを守るために、アルフがその能力で魔獣達と楽しく過ごすために、そしてアルフが幸せに暮らせるように、できる限りのことをしていこう。

＊＊＊＊

「こっち！　おねがいします‼」

『ここへ置けばいいのか？』

「うん‼　でもそれはあっちにおねがいします‼」

『分かった』

『これはどこに運ぶ？』

「それはこっちです‼」

お兄ちゃんモルーとちーちゃん達が見つかって、それからワイバーンが来ちゃって、いっぱい色々なものを壊しちゃってから5日。僕は今、シマウ達の小屋を直すお手伝いをしています。

魔獣さん達も手伝ってくれているんだよ。

僕は荷物をどこに置くか、みんなにお知らせする係。みんなバラバラに荷物を置いたら、使いたいものがどこにあるか、すぐに分からなくて困っちゃうでしょう？

魔獣さん達は大きな木や土を運んでくれたり、道具を運んだり、ゴミを集めてゴミ捨て場に運んでくれたり。いろんなお手伝いをしてくれています。

前よりもいっぱい魔獣さん達とお話ができるから、僕は遊んでいる時も、お手伝いしている時も、とっても楽しいです。でも……。

僕ね、準備ができたって言われて、ブルーノおじいちゃんのところへ行ったんだ。でもブルーノおじいちゃんは何も持っていなかったの。僕ね、何か道具がいるのかな？って思っていたの。だって準備って言ったから。

そうしたらブルーノおじいちゃんは、道具は何も使わないって。それに準備したものは、目には見えないものって言ったんだ。だから僕、何を準備したのか、分かりませんでした。

でも準備はしっかりと終わっているから？すぐにパパとママに、魔獣さんとお話しできることを、お話ししました。

そうしたらパパもママも、そんなに素敵《すてき》な力が使えるようになってよかったねって。これからもっといっぱい魔獣さん達とお話しできるわねって、とっても喜んでくれたんだ。

パパもママも僕もニコニコ。それでパーティーもしてくれたの。僕が魔獣さん達とお話しできた、おめでとうのパーティー。あとあと、ブルーノおじいちゃんも、一緒にパーティーしたんだよ。僕、とっても楽しかったです。

そして次の日、魔獣さんとお話しすることで、パパとママと、それからブルーノおじいちゃんと、お約束したんだ。

ブルーノおじいちゃんは、魔獣さんとお話しできるのはとっても珍しいって言っていたでしょう？　それでパパとママにも内緒でした。

どうして内緒にするのか。それは、悪い人が僕やブルーノおじいちゃんを、攫っちゃうかもしれないからなんだって。

魔獣さんとお話しできるのは珍しいでしょう？　それで、自分はお話ができないけど魔獣さんとお話ししたいっていう悪い人達が、無理やり僕とブルーノおじいちゃんを、連れていこうとするかもしれないの。

だからパパとママ、ブルーノおじいちゃんと、あとは魔獣園で働いていてパパとママがいいよって言った人の前ではお話ししてもいいけど、他の人がいる時は、今までみたいにたぶんって言いなさいって言われました。

あと、お話ししていい場所は魔獣園とお家の中だけ。お外や、お店がいっぱいのところでは、お話ししちゃいけません。

もしもお話ししているところを悪い人たちに見られたら、またまた無理やり連れていかれちゃうかも。そうなったら大変。僕、絶対嫌だもんね。だからパパとママとブルーノおじいちゃんと、お約束の指切りをしたんだ。

今はパパとブルーノおじいちゃん、それからライアンとオルドールさんしかいないから、お話ししていいの。うんと、荷物を運び終わるまでは大丈夫。小屋と柵を作ってくれる人が来たらお話ししてはダメ。たぶんって言うんだよ。

小屋や柵を作る人達が来てくれたら、僕は別の場所に。他にも直すところはいっぱいだから、そっちに行ってお手伝い。そうすればまた魔獣さんとお話しができます。

『これはどこだ？』

「こっち、おねがいします!!」

「……」

「どうしたオルドール？」

「本当に話しているのか？　いつもの『たぶん』じゃなくて？」

「ああ、ブルーノによると、しっかりと会話しているらしいぞ」

「そうなのか」

「俺はブルーノの方は驚かなかった。それよりも納得した。だからあの動きができたのかって。

どう考えても魔獣との連携が凄すぎたからな」

「すまないが、一緒にいる時は気をつけてアルフを見ていてくれないか？　一応納得してくれているが、どこまでちゃんと分かっているか」

「分かっています。何かあってからでは遅いですからね」

「俺もしっかりと見てますよ」

「何事もなく、あの子が大きくなって、自分で自分のことを分かるようになるまでは、俺達が守ってやらないと」

「パパ‼　これはどこ⁉」

「待ってくれ！　今行く‼」

もう、パパ達、お仕事の時は止まっちゃダメって、ママがいつも言っているでしょう‼　ママがいたら怒られちゃうんだから。

そのあとも荷物をいっぱい魔獣さん達に運んでもらって、僕はそれをどこに置くか伝えて、パパ達も働いて？　小屋と柵を直してくれる人達が来る前に、荷物を運び終わりました。

だから、ブルーノおじいちゃんが直してくれる人達とお話しするのに残ってくれて、僕達は別の場所に行くことになったんだ。

『俺が乗せていってやろう』

クタさんが背中に乗せていってくれるって。僕はすぐに乗せてもらって出発!! 僕とクタさんの後ろを、ぞろぞろ魔獣さん達がついてきます。

「つぎは、おはないっぱいのところ!!」

『それはどこだ？』

「ウササのこやのほ!!」

『分かった』

「隊長、これはいいのか？」

「……あ〜、これも問題か」

「ははは!! こんな魔獣の行進、そう見られないもんな」

「どこで誰が見てるか分からないからな。あとでアルフには話しておこう。なるべく短い列にしろって。ブルーノからも、魔獣達に伝えてもらわないと」

「ひょおぉぉぉ〜!!」

「こら、アルフ!! クタ!! スピードを出すんじゃない!!」

外伝　あの日あの時　アルフ2歳の誕生日

『今日はアルフの二度目の誕生日だ。しっかり準備はできているな！』

『『『はい！　親分‼』』』

『よし！　見せてみろ！』

我らのアルフが今日、誕生日を迎えようとしている。我ら魔獣にとって生まれた日など、たいした意味を持たないが、人間にとっては大切なことのようだ。

人間は誕生日の者に、プレゼントを贈るらしく。それならば、と、我々魔獣もアルフにプレゼントを贈ることにしていた。

1歳の誕生日には、我らコケコは綺麗な羽を送り、アルフは大層喜んでいたからな。おそらく我らのプレゼントが、魔獣達のプレゼントの中で一番だっただろう。今年もしっかりとプレゼントを贈らなければ。あのグリフォンやウササ達に負けるわけにはいかない。

4羽のコケコが、我の前に籠を運んでくる。そしてその籠を置くと、中に入っていた藁を顔で避けた。

『ふむ、なかなか良いな』

『はい！　これまでで一番素晴らしいかと！』

『ふむ、これならばアルフは喜ぶだろう。食べたあとも卵で遊ぶことができるし、一石二鳥《いっせきにちょう》だ』

籠の中には2日前に生まれた卵が入っている。が、ただの卵ではない。我らコケコだけが時々生むことのできる、黄金の卵だ。

この黄金の卵を食べると、完全にではないが、病《やまい》に罹《かか》りにくくなる。基礎体力も上げることができる、素晴らしいものだ。アルフが食べれば、これからもすくすく育ってくれること、間違いなしである。

しかも食べたあとの卵の殻は、綺麗に洗えば、アルフのおもちゃとして使うことができる。我らの卵は、他の卵に比べてかなり固いため、そう簡単に割れずに、おもちゃや日用品の材料として使われるのだ。

この黄金の卵をアルフに贈れば、必ずアルフは喜んでくれるだろう。

『よし！　しっかりと卵の周りを飾りつけろ！　もうすぐアルフが来る時間だ！』

『『『はい！　親分!!』』』

くくくくっ、これで今年も、我らがアルフの一番に……。

＊＊＊＊＊

『しっかり準備はできているな』

『ああ、今年は前から準備してきたからな。去年よりもしっかりとした、生えたばかりの羽を、たくさん用意することができた』

『よし、確認してみよう』

グリが、羽がたくさん入っている籠を運んでくる。籠に被さっている布を取れば、その中には我らのたくさんの羽が入っていた。

この羽は、今日誕生日を迎える、アルフのために用意したプレゼントだ。1歳の誕生日は、我らがたまたま魔獣園を出ることがあり、その時に外で見つけた、面白い形の石を贈った。アルフはその石をとても喜び、ずっとそれで遊んでくれている。おそらく1歳の時の魔獣達のプレゼントの中で、我らグリフォンのプレゼントを一番気に入ってくれただろう。

『ふむ。なかなか良いんじゃないか』

『ああ。これだけ汚れていない、硬くない羽は、なかなか集められないからな』

今回は、我々の羽を贈ることにした。羽が抜け替わる時は、綺麗な羽であるのはもちろんだが、硬い羽ばかりでなく、かなり手触りの良い柔らかいものが生えてくるのだ。

人間達はこの羽が好きなようで、自然の中にいた時は、羽を拾う冒険者が時々いた。魔獣園に来てからは、シャーナがよく集めに来る。何かに使うらしい。しかも結構な値で売れるのだと。そんな話を聞いたことがあった。

が、その柔らかい羽は、なかなか生えることがなく、そのため我らは少し前からこのアルフの誕生日のために、この柔らかい羽を集めていたのだ。

きっとアルフは、この前の石同様に、とても喜んでくれるはず。

『よし、このまま飛ばされないように、アルフが来るまで、しっかりとしまっておくぞ』

『ああ、この羽は、少しの風でも飛んでいってしまうからな』

グリがすぐに羽に布をかけて、風の影響を受けづらい場所へ、籠を持っていく。

早くアルフが来ないだろうか。順番的にあのコケコのあとになるだろうが……フフフ、今年も我々のプレゼントが一番だろう。コケコも、ウササも、他の魔獣達も、我らのプレゼントには敵《かな》うまい。フフフ、フハハハハハ!!

＊＊＊＊＊

『どうなの、ちゃんと準備できたの？』

『うん！　がんばった！』

『じゃあママに見せてごらんなさい』

僕は急いで、いつも僕が寝ている場所から、小さな木の実の殻を持ってきたよ。そしてその木の実をママに見せたんだ。

『さて、どうかしら……、うん、良いんじゃないかしら』

『ママ、ほんと？』

『ええ、本当よ。周りのごわごわした部分は取れているし、縁の部分もツルツルしていて、これならアルフもあなたも、怪我をしないはずよ。よくこんなにしっかり磨けたわね。さぁ、ママが作ってあげた藁の袋に入れて、アルフが来るのを待ちましょうね』

『うん!!』

やった!!　ママが大丈夫だって。僕は急いで木の実の殻を、ママが作ってくれた藁の袋に入れたよ。

僕はアルフの一番の仲良し。この魔獣園にいる魔獣の中で、ううん、ウササの中でも一番仲良しなんだもん。仲良しのアルフの誕生日プレゼント、今年はちゃんと自分で準備できて良かったぁ。

前の時は、僕は今も小さいけど、もっともっと小さくて、アルフに特別なプレゼントを自分で準備できなかったんだ。ママがお花を贈ってくれたの。でもアルフの２歳のプレゼントは、ちゃんと自分で準備できました。

えっと、アルフとおままごとで遊ぶ時に使う、僕とお揃いの木の実の殻の、入れ物を作ったんだ。

綺麗な殻の木の実があって、綺麗なんだけど周りがとってもごわごわで、木の実を割ったところの縁の部分がチクチクするの。僕はそのごわごわとチクチクを、一生懸命磨いたんだ。それをママに確認してもらったら、大丈夫だって。

アルフ、僕とお揃いの入れ物、喜んでくれるかなぁ。僕、これからもずっとずっとアルフの一番の仲良しなんだから。特別なプレゼントをしないとね。それに……。

前のプレゼントの時から、親分コケコとグーちゃん達が煩いんだもん。自分達のプレゼントが一番だ一番だって。僕は小さくて、何もできなかったの。

でも今度は僕も、1匹でしっかりプレゼントを用意したもんね。これでアルフの仲良し一番も、プレゼント一番も僕だもんね。

ふへへへへ、今日から僕、いっぱい自慢しちゃうんだ。きっと親分コケコもグーちゃん達も、悔《くや》しいって、ブツブツ文句言うんだろうなぁ。

早くアルフ来ないかなぁ。それでプレゼントを渡して、いっぱい撫で撫でしてもらうんだ。

＊＊＊＊＊

「なんだこれは？」

「なんだって、プレゼントらしいわよ」

「プレゼント？　本当に？」

「ええ。アルフによると、去年と同じだそうよ」

「は？　アルフがそう言ったのか？　誕生日の贈り物をもらったって？　大体去年なんて、アルフは1歳だったんだ。覚えているはずないだろう」

「でもアルフがそう言ったのよ。プレゼントってね」

「……。なぁ、アルフ」

「うゆ？」

「これはなんだ？　たくさんあるが」

「ぷれじぇんちょ！　おたんじょび、みにゃ、ぷれじぇんとくれちゃ！」

「そうなのか……。前にももらったのか？」

「しょねぇ、もらっちゃねぇ」

「本当かよ」

「でもあなた、よく思い出してみて。確かに誕生日の時、今日みたいに魔獣達から色々もらってきていたわよ。だからアルフの言っていることも、間違いじゃないかもしれないわ」

「だって1歳だぞ。まぁ今はなんとなく分かるのかもしれんが。いやいや、そもそも、魔獣がそう言ったのか？　アルフのいつものたぶんだろう？」

「覚えていないだろうと、たぶんだろうと、本人達が喜んでいるんだから良いじゃない。それに、1年前のだって、アルフはきちんと取っておいて、今もしっかり遊んでいるわよ。仲良しウササにもらった花はしおりにして、絵本に挟んであるし」

「そうなのか？　何をもらったか忘れたよ」

「はぁ、あなたはすぐになんでも忘れちゃうんだから」

「ママ」

「あら、アルフ、どうしたの？」

「あちた、ぷれじぇんと、みにゃいっちょ、あしょぶ」

「ふふ、せっかくもらったのだから、すぐに遊びたいわよね。それじゃあ明日も、みんなのところに行きましょうか」

「……本当に？」

「おちょもだちねぇ」

「そうね、お友達ね」

「みにゃ、だいしゅきねぇ」

「ふふ、みんなもアルフが大好きよ」

「だいしゅき!!」

＊＊＊＊＊

『ん？　今アルフの大好きという声が聞こえたような？』

『親分！　本当ですか！』

＊＊＊＊＊

『おいグリ！　今アルフの大好きという声が聞こえた気がするぞ！　きっと羽を一番気に入ってくれて、我らのことを大好きと言ってくれたのだろう！』

『本当か！　やったな!!』

＊＊＊＊＊

『!!　ママ!!　アルフの大好きって声が聞こえたよ!!』
『あら、そうなの？』
『きっと僕のプレゼント、一番喜んでくれたんだよね！』
『ふふ、きっとそうね』

＊＊＊＊＊

「みにゃ、だいしゅき！　だいしゅきー!!」

「ん？　なんだ、夜なのに魔獣達が煩いな、いつもは大人しいのに。なんであんなに鳴いているんだ？　はぁ。見回りに行ってくるか」

あとがき

この度は『もふつよ魔獣さん達といっぱい遊んで事件解決!! ～ぼくのお家は魔獣園!!～』を購入いただきありがとうございます。ありぽんです。

魔獣園、いかがでしたでしょうか？　もともともふもふな生き物が大好きな私ですが。たくさんの魔獣達を書いているうちに、考えたものが魔獣園でした動物園ならぬ魔獣園。現実では出会えないたくさんの魔獣達。その魔獣園にいつでも会う事が出来たら？　そして一緒に遊ぶ事が出来たらどんなに楽しいか。そう思い書き始めました。その結果、主人公アルフは私の代わりに、たくさんの魔獣達といっぱい遊んで、楽しい生活をおくっております。

また遊ぶだけではなく、皆で事件を解決する。アルフは魔獣園で暮らす魔獣達や、そこで働く人々によって、色々な事を体験しながら、すくすく成長しております。

と、そんな楽しい毎日ですが、魔獣園には個性的な魔獣達がたくさん暮らしています。親分コケコ。どんな時でも駆け付けてくれる、グーちゃんとグリちゃん。1番の仲良しウササに、事件を起こしたお兄ちゃんモルーにちーちゃん達。
年長組の魔獣達と、アルフパパのやり取りが、私は気に入っています。思うままに進むパパ。それを冷めた目で見る年長組魔獣達。きっとパパはこれからも我が道を進み、魔獣達からお仕置きされるでしょう（笑）

このように、なんだかんだとそれぞれが、色々な問題を起こしながら、アルフの楽しい毎日はこれからも続いて行きます。

最後になりますが、アルフ達を描いていただいたやまかわ先生。可愛い、そしてカッコいいイラストをありがとうございます。
そしてこの本を手に取っていただいた読者の皆様、出版にかかわっていただいた皆様、本当に感謝申し上げます。

２０２４年11月　ありぽん

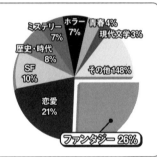

悪役令嬢
イラスト：羽公
著：香練
エリザベスの幸せ
お優しい殿下。10分29秒いただけますか？
あなたに真実を
教えてあげましょう

2025年5月、
最新19巻
発売予定！
もふもふを知らなかったら人生の半分は無駄にしていた
1〜18
著／ひつじのはね
イラスト／戸部淑
冒険あり、癒しあり、笑いあり、涙あり
もふもふたちに囲まれた
異世界スローライフ！
魂の修復のために異世界に転生したユータ。異世界で再スタートすると、
ユータの素直で可愛らしい様子に周りの大人たちはメロメロ。おまけに妖精たちがやってきて、
魔法を教えてもらえることに。いろんなチートを身につけて、目指せ最強への道？？
いえいえ、目指すはもふもふたちと過ごす、穏やかで厳しい田舎ライフです！
転生少年ともふもふが織りなす
異世界ファンタジー、開幕！
1巻：定価1,320円（本体1,200円+税10%）978-4-8156-0334-2
2巻：定価1,320円（本体1,200円+税10%）978-4-8156-0351-9
3巻：定価1,320円（本体1,200円+税10%）978-4-8156-0357-1
4巻：定価1,320円（本体1,200円+税10%）978-4-8156-0584-1
5巻：定価1,320円（本体1,200円+税10%）978-4-8156-0585-8
6巻：定価1,320円（本体1,200円+税10%）978-4-8156-0696-1
7巻：定価1,320円（本体1,200円+税10%）978-4-8156-0845-3
8巻：定価1,320円（本体1,200円+税10%）978-4-8156-0864-4
9巻：定価1,320円（本体1,200円+税10%）978-4-8156-1065-4
10巻：定価1,320円（本体1,200円+税10%）978-4-8156-1066-1
11巻：定価1,320円（本体1,200円+税10%）978-4-8156-1570-3
12巻：定価1,320円（本体1,200円+税10%）978-4-8156-1571-0
13巻：定価1,320円（本体1,200円+税10%）978-4-8156-1819-3
14巻：定価1,320円（本体1,200円+税10%）978-4-8156-1985-5
15巻：定価1,320円（本体1,200円+税10%）978-4-8156-2269-5
16巻：定価1,320円（本体1,200円+税10%）978-4-8156-2270-1
17巻：定価1,540円（本体1,400円+税10%）978-4-8156-2785-0
18巻：定価1,430円（本体1,300円+税10%）978-4-8156-3086-7
ツギクルブックス
https://books.tugikuru.jp/

ママ（フェンリル）の期待は重すぎる！

著：人紀
イラスト：π猫R

魔獣が住む森からはじめる、

小さな少女の森暮らし！

フェンリルのママに育てられた転生者であるサリーは兄姉に囲まれ、幸せに暮らしていた。厳しいがなんやかんや優しいママと、強くて優しく仲良しな兄姉、獣に育てられる少女を心配して見に来てくれるエルフのお姉さんとの生活がずっと続くと思っていた。ところがである。ママから突然、「独り立ちの試験」だと、南の森を支配するように言われてしまう。無理だと一生懸命主張するも聞いてもらえず、強制的に飛ばされてしまった。『ママぁぁぁ！　おにいちゃぁぁぁん！　おねえちゃぁぁぁん！』

魔獣が住む森のなか、一応、結界に守られた一軒家が用意されていた。
致し方なく、その場所を自国（自宅？）として領土を拡張しようと動き出すのだが……。

フェンリルに育てられた（家庭内）最弱の少女が始める、スローライフ、たまに冒険者生活！

定価1,430円（本体1,300円＋税10%）　ISBN978-4-8156-3034-8

ツギクルブックス　https://books.tugikuru.jp/

ある日突然、モンスターの住処、ダンジョンが出現した。そして人類にはレベルやスキルという異能が芽生えた。人類は探索者としてダンジョンに挑み、金銀財宝や未知の資源を獲得。瞬く間に豊かになっていく。

そして現代。ダンジョンに挑む様子を配信する『Dtuber』というものが流行していた。主人公・天海最中（あまみもなか）はペットのスライム・ライムスと配信を見るのが大好きだったが、ある日、配信に映り込んだ『ゴミ』を見てダンジョンを掃除すること決意する。「ライムス、あのモンスターも食べちゃって！」
ライムスが捕食したのはイレギュラーモンスターで——!? モナカと、
かわいいスライムのコンビが無双する、ダンジョン配信ストーリー！

定価1,430円（本体1,300円＋税10%）　ISBN978-4-8156-3035-5

ツギクルブックス

愛読者アンケートに回答してカバーイラストをダウンロード！

愛読者アンケートや本書に関するご意見、ありぽん先生、やまかわ先生へのファンレターは、下記のURLまたは右のQRコードよりアクセスしてください。
アンケートにご回答いただくとカバーイラストの画像データがダウンロードできますので、壁紙などでご使用ください。
https://books.tugikuru.jp/q/202412/mofutsuyomajuu.html

本書は、「小説家になろう」（https://syosetu.com/）に掲載された作品を加筆・改稿のうえ書籍化したものです。

もふつよ魔獣《まじゅう》さん達《たち》といっぱい遊《あそ》んで事件解決《じけんかいけつ》!!
～ぼくのお家《うち》は魔獣園《まじゅうえん》!!～

2024年12月25日　初版第1刷発行

著者　ありぽん

発行人　宇草 亮
発行所　ツギクル株式会社
〒105-0001　東京都港区虎ノ門2-2-1
発売元　SBクリエイティブ株式会社
〒105-0001　東京都港区虎ノ門2-2-1

イラスト　やまかわ
装丁　株式会社エストール

印刷・製本　中央精版印刷株式会社

ISBN978-4-8156-3085-0
Printed in Japan